聽詩人的消息

国现代学人行迹追踪

李杭春 著

浙江古籍出版社

图书在版编目(CIP)数据

打听诗人的消息：中国现代学人行迹追踪 / 李杭春著 . -- 杭州：浙江古籍出版社，2024.6
ISBN 978-7-5540-2787-5

Ⅰ.①打… Ⅱ.①李… Ⅲ.①散文集—中国—当代 Ⅳ.① I267

中国国家版本馆 CIP 数据核字（2023）第 234768 号

打听诗人的消息
——中国现代学人行迹追踪

李杭春　著

出版发行	浙江古籍出版社
	（杭州市体育场路 347 号　电话：85068292）
网　　址	https://zjgj.zjcbcm.com
封面题签	陈子善
责任编辑	沈宗宇
责任校对	吴颖胤
封面设计	吴思璐
责任印务	楼浩凯
照　　排	浙江大千时代文化传媒有限公司
印　　刷	浙江海虹彩色印务有限公司
开　　本	787mm×1092mm　1/32
印　　张	8.875　　插　页　4
字　　数	162 千字
版　　次	2024 年 6 月第 1 版
印　　次	2024 年 6 月第 1 次印刷
书　　号	ISBN 978-7-5540-2787-5
定　　价	55.00 元

如发现印装质量问题，影响阅读，请与印刷厂联系调换。

蒋百里（1882—1938）

马一浮(1883—1967)

竺可桢（1890—1974）

郁达夫（1896—1945）

夏承焘(1900—1986)

陈从周（1918—2000）

前 言

百余年前，学界精英和文学知识分子成为现代中国最先觉醒的一部分先知，五四新文化运动让他们的家国热情和主体意识得以同步伸张，这一代人的行迹故事和精神禀赋，是今天作为后学的我们渴望追溯和学习的。这个小册子汇集的，就是对郁达夫、竺可桢、马一浮、蒋百里、郑振铎、夏承焘、陈从周等现代作家、学人的故节、往事所做的一些钩沉和追述。

那个竺可桢、郁达夫们挥斥方遒、激扬文字的年代尽管过去并不久远，但还原历史从来都很奢侈。即便是在今天，能够书写世相、流传历史的主体和载体如此富足，信息在取舍、叙述过程中被遗漏、遮蔽、篡改甚至毁灭的可能性还是随时存在，而且因为各种先进高明的技术手段，一段正在发生的历史也往往瞬间就能黑白错位甚至灰飞烟灭，何况将近百年时间长河的冲刷涤荡。

所以，打探先贤行踪的努力就成为我们今天还原历史或者接近本相的一种径路。

本书题名得自达夫先生散文《打听诗人的消息》，这一方面包含了向达公致敬的私意，另一方面，书中打探最多的，也是诗人郁达夫的行踪。

因为诸多细节的含混不明、模糊空白，郁达夫20世纪20年代初的任教北京大学和20年代末的任教安徽大学，1925年的武昌谋生和1938年的战区劳军，长期以来存在不少认知裂隙和叙事断痕。依据新近编纂《郁达夫年谱》发现的史料，卷中篇章对此做了相对完整的枝节连缀和故事缝合，而且从时间上看，这些材料因为关涉郁达夫国内写作生涯的全部长度，或可以为我们窥视和考量诗人各个阶段的人生面相和创作纹理，完善对诗人的整体认知，提供相应的角度和材料。

另外，对一首郁诗和两篇未完稿的考订，对郁氏现存最完整手稿《她是一个弱女子》和诗人职业（教书）生涯的回顾，应该也能"丰满"我们对郁达夫的观感：他的自我认知，他的他者世界。

当然，零碎汇集在内的其他几位学人，同时也都是让人心生敬意的"诗人"，更都有值得回望的心路历程。卷中文字对竺可桢、马一浮等学人、诗人的关注，同样采取"行迹追踪"的方式，缀合材料，整理文献，还原故事，进而回到现场，识史知人。殊愿这类基于文献和史料的叙事，能让学理性和故事性得到兼顾。

有学者指出，20世纪90年代之后，中国现代文学研究道术分裂，左右殊途，一部分学者试图借鉴史学研究方式，通过"历史化"来重写现代文学史。目前,这一基于文献搜集和史料发现开展现代作家及其创作研究的中国现代文学文献学学科体系,经由陈子善先生展拓引领,已建构完善,并在诸多领域卓有成就。本书碎章自然无力担此重任。如果能在文献史料基础上,有缘打探一些已被"历史化"的消息,追踪诗人们的行迹,让他们的故事在人间多留一些回响,便也是作者的荣幸了。

2022 年 11 月 18 日

目　录

郁达夫

郁达夫的北大岁月 …………………………………… 003

郁达夫：而立之年在武昌 ……………………………… 023

郁达夫安徽省立大学任教时间索隐 …………………… 032

戎马间关为国谋，南登太姥北徐州

　——郁达夫三大战区劳军事略 …………………… 043

教书育人，化民成俗

　——郁达夫职业生涯之一 ………………………… 063

郁达夫佚诗《游桐君山口占》考释 …………………… 082

读郁达夫手稿本《她是一个弱女子》 ………………… 091

郁达夫两篇"未完稿"考释 …………………………… 111

《郁达夫年谱》编制的路径和体会 …………………… 134

竺可桢

竺可桢为何十次请辞浙大校长 ………………………… 143

竺可桢的宜山岁月 ……………………………………… 159

《竺可桢国立浙江大学年谱》前言……………………………170

蒋百里
蒋百里在宜山……………………………………………185

马一浮
马一浮在宜山……………………………………………199

陈从周
陈从周与之江大学
——写在陈从周先生百年诞辰之际………………213

夏承焘
从《天风阁学词日记》看夏承焘与郑振铎的交往并及《郑振铎年谱》…………………………………………………231

附　录
漂洋过海待云开
——国立浙江大学师生赴台事迹考…………………247

后　记……………………………………………………274

郁达夫

郁达夫的北大岁月

1923年10月到1925年2月，郁达夫在北大任教；1929年7月到1931年4月，郁达夫又屡有北上教书之念。相对来讲，北大岁月是郁达夫研究中的一个盲点。他在北大三个学期，任课多少，是否兼职，如何交游；后来系念北大，又有怎样一个曲折的心路历程，似乎都还存在不少的模糊和空白，给认知和了解郁达夫这个阶段的创作和人生轨迹带来困难。借编撰《郁达夫年谱》的契机，我们通过查阅当年档案、报刊以及诗人同事、朋友的日记、书信，尝试对这段往事的叙事线索略做一些织补。

一、郁达夫的北大任课表

1. 众所周知的统计学讲师

郁达夫的北大教职是东京帝大校友陈启修推荐的，因其将往苏联作"俄情考察"，邀请郁达夫接任其统计学课：

> 这是在《创造日》创刊后不久的事。北大教授陈豹隐要赴苏联，他所担任的统计学，一星期有两个钟点，

他打电报来请达夫去担任,充北大的讲师。①

其时,陈启修是北大法学院政治系主任。1923年10月,陈启修先赴欧洲德国、法国、比利时等国考察各国政治经济情况,后进入苏联东方大学进修,调查俄国情形,1925年下半年从苏联回国。

> 那年夏天,北京大学教授陈启修要去苏俄,电促郁达夫接任,教的是统计学等。那时候,他们的创造社正因为要在《季刊》《周报》之外更出《创造日》而忙得不可开交。接到这个电报后郭沫若是劝他不要去,理由之一为北方门户之见甚深,门户之势已成,难以发展;二为撑天柱一走,创造社无人维持。成仿吾却是赞成郁去的,理由是好朋友应向各处去开辟新天地,采取散兵线的战术。郁自己呢,表示得尤其坚决,大有非去不可之意。②

郁达夫东京帝大经济科毕业,讲授统计学尚称专业对口,加之北大作为第一高等学府,有一个不同于上海的"红顶学

---

① 郭沫若《再谈郁达夫》,《书报精华》1948年5月第41期。
② 吴一心《战时教育文化人员殉难志略:郁达夫》,《中华教育界》1947年复刊第一卷第3期。

人"圈子，其对文人郁达夫的吸引力自不待言，因此尽管郭沫若提醒再三，屡为其"大才小用"感到不值①，郁达夫本人也有心理预期，但仍有"非去不可"之坚决。

> 上北京来本来是一条死路，北京空气的如何腐劣、都城人士的如何险恶，我本来是知道的。不过当时同死水似的一天一天腐烂下去的我，老住在上海，任我的精神肉体，同时崩溃，也不是道理。所以两个月前我下了决心，决定离开了本来不应该分散而实际上不分散也没有办法的你们，而独自一个人跑到这风雪弥漫的死都中来。当时决定起行的时候，我心里本来也没有什么远大的希望，但是在无望之中，漠然的我总觉得有一个"转换转换空气，振作振作精神"的念头。②

1923年10月1日，北京大学向郁达夫发出北大讲师聘书。③10月8日，陈启修与法律系主任何基鸿一同启程，"首途赴欧"④，第二天郁达夫即抵北京。10月18日，郁达夫

---

① 郭沫若《创造十年续编》，《革命春秋》（《沫若自传》第二卷）第199页，海燕书店1949年7月刊行。
② 郁达夫《一封信》，《郁达夫全集》第三卷（散文）第73—74页，浙江大学出版社2007年版。
③ 《北京大学日刊》第1313号。
④ 《北京大学日刊》第1311号。

开始为经济、政治、史学三系学生上统计学课。[①]这是一门为三系二年级学生开设的专业基础课,每周两学时,最初安排在周四,但第二周(10月24日)就有注册部公告称,"郁达夫先生所授政治系、经济系、史学系统计学,原在星期四下午三时至四时,现改在星期二上午九至十时"[②]。所以郁达夫第二次开课,应该是10月30日那个周二了。

"我到京之第二日,剃了数月来未曾梳理的长发短胡,换了一件新制的夹衣,捧了讲义,欣欣然上学校去和我教的那班学生相见。"[③]这里所叙述的到京第二日就去与学生相见的时间不一定准确,因为同一封信里,郁达夫又有这样的描述:"到北京之后的第二个礼拜天的晚上,正当我这种苦闷情怀头次起来的时候,我把颜面伏在桌子上动也不动的坐了一点多钟。后来我偶尔把头抬起,向桌上摆着的一面蛋形镜子一照,只见镜子里映出了一个瘦黄奇丑的面形,和倒覆在额上的许多三寸余长、乱蓬蓬的黑发来。"[④]显然这里有自相矛盾的地方,但是无论如何,初任教北大,诗人充满希望和兴奋的状态与心情还是可见一斑。

统计学课的上课地点是北大第三院,"当时位于北京北沿河的北京大学第三院主要是政治、经济、法律三系学生

---

① 《北京大学日刊》第1312—1315号。
② 《北京大学日刊》第1322、1323号。
③ 郁达夫《一封信》,《郁达夫全集》第三卷(散文)第74页。
④ 郁达夫《一封信》,《郁达夫全集》第三卷(散文)第76—77页。

上课的地方"。冯至于10月18日下午准时走进一座可容八九十人的课室：

> 里面坐满了经济系的同学，我混在他们中间……上课钟响了，郁达夫走上了讲台，如今我还记得他在课堂上讲的两段话。他先说："我们学文科和法科的一般都对数字不感兴趣，可是统计学离不开数字。"他继而说："陈启修先生的老师也是我的老师，我们讲的是从同一个老师那里得来的，所以讲的内容不会有什么不同。"①

但这第一讲"刚过了半个钟头，他就提前下课了，许多听讲者的脸上显露出失望的神情"②。到了这年冬天，郁达夫向旧友陈翔鹤直言不讳："谁高兴上课，马马胡胡的。你以为我教的是文学吗？不是的，'统计'。统什么计，真正的无聊之极！"③其实，统计还是那个统计，只是郁达夫已不再是那个郁达夫了。

本来从他的声望、地位、资历、成就等等方面来看，

---

① 冯至《相濡与相忘——忆郁达夫在北京》，陈子善、王自立编《回忆郁达夫》第62页，湖南文艺出版社1986年12月版。
② 冯至《相濡与相忘——忆郁达夫在北京》，《回忆郁达夫》第63页。
③ 陈翔鹤《郁达夫回忆琐记》，《文艺春秋副刊》1947年1月第一卷第1期。

他在北京是不应该只得到一个讲师职称的。由于当时都城文化教育界派系林立，壁垒森严，他和各派都并无恩怨，便在他们的相互排挤倾轧中成了三明治。①

之前在安庆法政专门学校，作为东京帝大学生的郁达夫薪资200，当已被给予教授待遇；而此时在北大，身为炙手可热的新文学作家，郁达夫却屈居一介讲师，薪资亦只100余，还常常被拖欠，"实际上拿得到的只有三十三四块"②。这年11月9日，因政府欠薪九个月，北大教职员曾赴前京畿道美术专门学校参加八校教职员全体大会③，不知这支队伍里会不会有郁达夫。

当然更痛彻的悔悟应该是在体会到种种"门户之见"以后。郁达夫初入北大时的热情和期待渐渐消失，"振作振作精神"的初心也未能实现。尽管努力合作、主动靠拢，尽管小说畅销、文名日盛，他在北大这个"精英"丛林里仍是可有可无。从《北京大学日刊》观察，北大各种研究会、教授会、委员会甚至同乡会，名目繁多，活动频繁，梁漱溟、胡适、陈独秀、李大钊、顾孟余、王世杰、周鲠生、皮宗石、周作人、朱希祖、马夷初、沈尹默们走马灯一样闪耀在各个显豁的舞

---

① 孙席珍《怀念郁达夫》，《回忆郁达夫》第75页。
② 郁达夫《给一个文学青年的公开状》，《郁达夫全集》第三卷（散文）第104页。
③ 参《北京大学日刊》第1336号。

台,晃人眼目,而哪个机构、哪个舞台都不会青睐身为"讲师"的郁达夫,他感受到了真真切切的"冷遇"。

> 你说我在这北京过度的这半年余的生活,究竟是痛苦呢还是安乐?具体的话我不说了,这首都里的俊杰如何的欺凌我,生长在这乐土中的异性者,如何的冷遇我等等,你是过来人,大约总能猜测吧! [1]

许峨提供的一个观察很耐人寻味。离京一年多后的1926年10月,郁达夫赴广州途中船泊汕头港,访留日同学彭湃不遇,与一女革命者吴文兰接谈,"郁掏出名片,顺手拿过毛笔,将名片右上角'北京大学讲师'字样涂掉,一面说:'彭湃最讨厌这些衔头。'"[2] 其实,这个"讲师"头衔是彭湃讨厌还是郁达夫本人介意,应该是不言自明的。

而从另一个角度讲,郁达夫本人也并不擅长课堂教学。这一点他在安庆法政学校时期就已经有所流露,此间给郭沫若的信中表达得更是直白:

> 现在我名义上总算已经得了一个职业,若要拼命干去,这几点钟学校的讲义也尽够我日夜的工作了。但我

---
[1] 郁达夫《给沫若》,《郁达夫全集》第三卷(散文)第89页。
[2] 许峨《郁达夫到汕头》,《回忆郁达夫》第167页。

一拿到讲义稿，或看到第二天不得不去上课的时间表的时候，胸里忽而会咽上一口气来，正如酒醉的人，打转饱嗝来的样子。我的职业，觉得完全没有一点吸收我心意的魔力，对此我怎么也感不出趣味来。讲到职业的问题，我倒觉得不如从前失业时候的自在了。①

加之所开课程亦非自己所热爱的文学，统计学课堂上的时间自然更难煎熬。据现有史料，郁达夫的统计学课大约坚持了一个学年。说"大约"，是因为1924年4月15日，《北京大学日刊》刊有郁达夫在统计学课堂举行临时测验的公告一则：

> 郁达夫先生所授统计学定于四月十五日（星期二）上午八至十时即原授课时间在原教室举行临时试验一次。②

临时测验后不久，1924年5月初，郁达夫即南下上海并返富阳，前后十余天。③ 这两周时间的课是临时调整了，还是测验并非"临时"，而就是结束课程的考试？目前没有

---

① 郁达夫《一封信》，《郁达夫全集》第三卷（散文）第75页。
② 《北京大学日刊》第1445号。
③ 参郁达夫《给沫若》，《郁达夫全集》第三卷（散文）第89—93页。

找到其他材料加以佐证。不过，这至少可以表明，郁达夫教统计学，延续到了第二个学期。

1923年12月初，刘光一自美回国，这位后来的《现代评论》社成员甫一抵京，即担任北大西洋经济史、财政学总论、经济学选读等课，1924年9月起，担任政治学系第三年级统计学课。[①] 或就在此时，郁达夫的统计学课被全面接手。

2. 鲜为人知的北大英文系教员

一直以来，人们对郁达夫北大岁月的认知大多停留在"教统计学"。郁达夫曾在写给郭沫若与成仿吾的信中表示："大约我在北京只打算住到六月，暑假以后，我怎么也要设法回浙江去实行我的乡居的宿愿。"[②] 当然，这个"宿愿"并未实现。那一年暑假，他自称"什么文章也不做，什么话也不讲，只是关门坐在家里"[③]，但从《北京大学日刊》发布的各院系课程指导书看，新学年开学后，郁达夫摆脱了让他"头大"的"统计"，改任北大英文系教员。

10月7日的《北京大学日刊》公布有这学年（"十三至十四年度"，即1924—1925年度)的《英文学系课程指导书》。在该指导书上，郁达夫名下列有两门课。一是与毕善功、徐宝璜、潘家洵合上的一、二年级公共英文课，"专为便利他

---

① 《北京大学日刊》第1525号。
② 郁达夫《北国的微音》，《郁达夫全集》第三卷（散文）第83页。
③ 郁达夫《读上海一百三十一号的〈文学〉而作》，《郁达夫全集》第三卷（散文）第87页。

系学生继续研究英文而设，读物不求深奥，意义务期明晰"：第一年英文，选修者须一年之内读所列小说、戏曲各一种，此外每月须作文一次；第二年英文，则侧重修读散文。另一门课是为英文系第一年级和他系学生选习英文者开设的戏剧课。① 他的中学同学徐志摩同在北大英文系，担任的课程是"文学评衡"。

> 我在第一天上郁先生教的《少奶奶的扇子》一出戏剧时，我凝神的注视他：看他的蓬松的头发，面孔现着一副尖利而和爱的样子；等到听罢他底声音时，觉到他声音里面时藏有讥刺与不平的声调。②

这一学年，北大9月11日开学，本科生22日起开始上课。③ 上述授课场景，应该发生在22日开课后第一周的课堂上。因为后来课程指导书公布的同时，注册部公告称这门戏剧课被换作美国人毕善功担任了：

> 英文系一年级戏剧原系两小时，现改为三小时，并改由毕善功先生担任，星期三、五两日时间教室均仍旧，

---

① 参《北京大学日刊》第1536号。
② 基相《读了郁达夫先生底〈给一位文学青年的公开状〉以后》，《晨报副镌》1924年11月20日第277号。
③ 《北京大学日刊》第1507号。

所加一小时在星期一上午第四时授课。①

课程指导书和课程改任信息几乎同步发布，分别是1924年10月6日和7日。也就是发布课程指导书的同时，也公布了毕善功的接替一年级戏剧。虽然公告并未指明被接替教师名姓，只宣布"改由毕善功先生担任"，但从指导书看，一年级戏剧课只列有郁达夫一位教员，所以这里应该不会有什么歧义。这个时间，距北大开始上课仅短短两周。

对郁达夫来讲，英文系的这几门课都与他擅长和喜爱的文学相关。戏剧是他一直关注并钟情的一种文艺形式，从1913年在上海天蟾大舞台第一次接触让他心动的舞台表演开始，后来在北京，在广州，在新加坡，郁达夫都毫不掩饰他对舞台艺术的偏爱；小说更是他阅读最多又多有实践的文学体裁。至南下武昌师范，郁达夫所开课程中亦有戏剧和小说，其授课讲义还被结集成专书《戏剧论》《小说论》。但他在北大的戏剧课因何原因被接替，是两个年级的"公共英文"任务太重，还是"戏剧"要改成三课时安排不过来？遗憾的是，就目前我们所掌握资料，这一问题尚无答案。

据《吴虞日记》，1925年2月4日，在出席了几次相当隆重的、由朋友和官方分别操办的饯行宴后，郁达夫辞

---

① 《北京大学日刊》第1536、1537号。

别北大,南下武昌。[①]这年旧历新年早,2月4日已是正月十二,新学期开学在即。北大这年关于寒假放假的"校长布告"是1月8日签发的:"本年寒假照章放二十一日,自一月十九日至二月八日,自九日起照常上课。"[②]武昌师大应该也相差不远。

不过让人疑惑的是,北大注册部关于郁达夫的辞职布告,却迟至1925年4月13日才由《北京大学日刊》公布:"英文系教员郁达夫先生辞职,所授本科第一外国语英文及小说,本星期起均由刘贻燕先生暂代,时间教室照旧。"[③]这个布告至少包含两个信息:一是此学期(1925年春),郁达夫名下仍有本科公共英文和小说两门课。公共英文是学年课,或由前一学期自然延续;而"小说"是否另开新课,不得而知。二是似乎在"本星期"以前,这两门课仍由郁达夫担任。而事实上这学期郁达夫早已身在武昌,北大开学也已逾俩月。是开学以后郁达夫还曾武昌、北京两头跑,还是《日刊》布告发晚了?晚发布告的原因是什么,两头跑的可能性又有多大,关于这两个问题,至今也还没能发现更多史料。

[①] 参中国革命历史博物馆整理《吴虞日记》(下册)第237页,四川人民出版社1986年8月版。
[②] 《北京大学日刊》第1610号。
[③] 《北京大学日刊》第1667号。

据现有史料，郁达夫北大任课表大致复原如下：

序号	课程名称	授课对象	授课时间	课时	备注
1	统计学	政治、经济、法律二年级生	1923.10—1924.6	2	1925.4.15临时测验一次
2	第一年英文	外系一年级生	1924.9—1925.1	不详	与徐宝璜、毕善功、潘家洵共同担任
3	第二年英文	外系二年级生	1924.9—1925.1	不详	与徐宝璜、毕善功共同担任
4	戏剧（英）	英文系一年级和外系学生	1924.9—10	2	两周后被毕善功接任
5	小说（英）	不详	不详	不详	仅见于辞职公告

二、郁达夫的北大情结

郁达夫的北大体验远谈不上愉快，更多时候，郁达夫讲北京是空气腐劣、人心险恶的[①]，是"万恶贯盈"、让人绝无半点依恋的[②]：

> 自从去年十月从上海到北京以后，只觉得生趣萧条，麻木性的忧郁症，日甚一日，近来除了和几个知心的朋友，讲几句不相干的笑话时，脸上的筋肉，有些宽弛紧

---
① 郁达夫《一封信》，《郁达夫全集》第三卷（散文）第73页。
② 郁达夫《给沫若》，《郁达夫全集》第三卷（散文）第89页。

张的变化外，什么感情也没有，什么思想也没有。①

这样沉痛阴郁的文字不禁让人联想到郁达夫在北京感受到的不平和伤害，他携《沉沦》《茑萝集》和当红作家的名望兴冲冲前往这个新文学圣地，却不意被冷藏和边缘化，巨大的心理落差让他陷入"欲言又止、欲说还休"的状态。

所以，北大任课一学期后诞生《零余者》，完全不是偶然。其通过随笔直接表达"袋里无钱，心头多恨"的知识分子尽忠无门、尽孝不能的孤苦无助和内心焦虑，与郁达夫创作中时常虚构的孤独、感伤的"零余者"形象形成了沉甸甸的呼应。因为此时的郁达夫，正身处他自我认知中最不堪的人生低谷。

创作《薄奠》的1924年8月，则是郁达夫结束统计学课程而转去英文系的那个暑假。小说里那位勤勉、善良的人力车夫和"渺焉一身"的"我"的同时"被社会虐待"，不能不让人联想到郁达夫耿耿于怀的北大体验。诗人对于底层劳苦民众的"社会主义"的关怀，通过车夫一家无处寄托的哀伤传递出来，而借以抒发的，无疑是知识分子"同是天涯沦落人"的落寞与愤懑。在这一点上，底层知识分子和底层劳动者一样，都曾在被虐待、被歧视的境遇里挣扎、反抗，

---

① 郁达夫《读上海一百三十一号的〈文学〉而作》，《郁达夫全集》第三卷（散文）第84页。

受着"抑郁不平之气",而最终难以逃脱被淹没、被吞噬的命运。

作于1925年1月的短文《一位骸骨迷恋者的独语》也颇值得注意。这是郁达夫离京前写下的最后一篇文字。他在文中称自己为"时代错误者",他像迷恋骸骨一样,迷恋着陈旧而不无快乐美好、单纯自在的过去时代,以忘掉"现实的悲苦";但又每每"自家骂自家",跟不上"同时代的人的忙碌",跟不上剧烈变动的时代节奏,把一种自伤自悼、自责自悔的心理,刻划得入情入理——这算是郁达夫关于自己北大岁月的人生总结和经验独白吧。

在这一年多的时间里,郁达夫同时任教德胜门内石虎胡同平民大学,被北京美术专门学校聘为"艺术概论"教员,讲述东西方艺术,此外,他还可能在朝阳大学任教,在燕京大学演讲,可谓非常活跃和努力,也间接证明了自己的实力。

但郁达夫显然有一个力图伸雪"北大讲师"之屈的北大情结。1929—1931年间,郁达夫一度计划再接北大教职,并有移居北平之说,虽为疾病、教职和其他杂事所阻,但其北望之心屡有跃动。

1929年7月12日,郁达夫致函时北大国文系学生翟永坤,言及将应周作人之召去北大教书。

这是郁达夫关于重返北大的第一次公开宣称。此时,郁达夫已与王映霞定居上海,脱离创造社后,郁达夫除编辑文集以取得版税外，或更期以教职谋生。其时已在上海法科和中华艺术大学兼课。9月14日，汪静之送来建设大学文学系主任聘书。9月17日，又接安徽省立大学来电，受聘为文学教授，月薪340元。因薪水可人，遂复电安徽大学答应往教半年。9月19日，郁达夫复函周作人，澄清将去燕京大学任文学系主任等谣传，并称将动身去安庆安徽大学。

9月29日午前11时，郁达夫抵达安庆。《安徽大学校刊》上有消息称："本校新聘教授郁达夫先生，业于九月二十九日由沪到校。"① 至此，他的北大行程暂被安徽省立大学横刀拦夺。

其时，北大这边已经做好了准备。红楼门口张贴布告，登记郁达夫所开课程的听课学生：

> 1930年秋天，在海滩的北大红楼门口的教务处布告栏上贴了一张布告，大意是说本学期邀请同学来登记云云。布告张贴出去后，要求听课的同学蜂拥而至，甚至外校的学生也来要求旁听，由此可见郁达夫的影响之大。可惜他终究没能北上，使许多青年学生大失所望。②

---

① 《本校教授陆续到校》，《安徽大学校刊》第2期（1929年10月4日），安徽师范大学档案馆编《安徽师范大学馆藏〈安徽大学校刊〉专辑》第3页。
② 张白山《我所知道的郁达夫》，《回忆郁达夫》第346页。时间当系为1929年秋。

9月30日晚，北大催促北行的电报从上海转来安庆。郁达夫除请校方打电报加以说明外，又作一书致北大代理校长陈百年：

> 顷接由上海转来沁电，敬悉先生招我去北平膺讲席，感激之至。但王星拱先生因安大接手过迟，找不到人教书，硬拉我来此相助。北平电报来时，已在我到安庆之后，所以今年年内，无论如何，是已经不能上北平来了。敢请给假半年，使得在这半年之中稍事准备，一到明年春期始业，定当奉命北上，与先生等共处。此事前已与启明先生谈及，大约此信到日，启明先生总已将鄙意转达。好在北平教书者多，缺席半年，谅亦无大碍耳。[①]

1930年2月20日，新学期开始后，北大即应约来电，催郁达夫动身赴教。24日，又接周作人来函，催去北大，郁达夫即电复北大校长，允往北大任教。2月26日，北大国文系在《北京大学日刊》刊出通告，称："顷校长得郁达夫先生二十四日复电，已允本学期来校授课。其上课日期及时间俟郁先生莅平后再行宣布。"[②] 而据北大中文系课程指

---

① 《郁达夫先生致陈代校长函》，《北大日刊》1929年10月14日第2254号。
② 《国文学系通告》，《北大日刊》1930年2月27日—3月1日，第2349—2351号。

导书，这学期北大给郁达夫排的课是"小说论"，每周两课时。①

不幸这段时间郁达夫为痔漏所困，动身不得。3月7日，北大中文系主任马幼渔来信促速去北大，郁达夫复信，仍称将于3月底去北平；3月10日，因知所患为结核性痔漏，"医治颇费时日，或许致命，也很可能"，决定不去北平，并托李小峰和陶晶孙作信通知周作人；17日，于第一次割治之后，剧痛稍减，故再专门作书，致函周作人，称："前函发后，已决定北行，但于启行之前，忽又发生了结核性痔漏，现在正在医治，北平是不能来了。已托李小峰和陶晶孙两兄写信通知，大约总已接到了罢？……幼渔先生处，乞代告。"②

3月27日，《北京大学日刊》正式刊载《国文学系教授会通告》：

> 郁达夫先生原定本学期到校授课，3月7日曾由沪致马幼渔先生函，定由海北上，约本月底抵平，不料临行之前郁先生忽然患病，暂时中止来平。③

---

① 参《北平各大学的状况》第22页，为"新晨丛书"之一，出版信息不详。
② 参《国文学系教授会通告》，1930年3月27日《北大日刊》2372号。
③ 参《国文学系教授会通告》，1930年3月27日《北大日刊》2372号。

至此，这节由周作人邀请、马幼渔主持、陈百年招揽的北大教职事告一段落。

但郁达夫北大故事并未结束。1931年4月，郁达夫还有过一次与家人不辞而别但却在北大学生中间事先张扬的北行。

据1931年3月23日上海《文艺新闻》第2号"每日笔记"，郁达夫于1931年3月12日北上北平，或为参与徐志摩邀请之笔会。3月27日晨，周作人得王映霞电，问达夫已到平否。因此前对此事毫无所知，周作人即覆一电，据实相告；次日又去信王女士，询问详情。4月2日，因见《北大日刊》载《国文学会全体大会记录》，会上有临时动议一件，即"郁达夫先生是否能来请函询本系主任"[1]，周作人特致函翟永坤转告郁达夫之来平，"惟截至今日不见达夫到来，不知何故。大约达夫已离沪，或声言来北平，至于何以未到则是疑问，亦稍令人忧虑也。大约一星期后王女士回信可到，或可知其详情"[2]。4月5日，周作人再函翟永坤，称已得达夫来信，知曾暂离上海，现已回去。关于功课事亦曾说及，云"暑假之后决计北上，以教书为活，大约暑假前后当有详信奉告"云云。[3]

---

[1] 《国文学会全体大会记录》，《北大日刊》1931年4月2日第2597号。
[2] 参《翟永坤启事》，1931年4月4日《北大日刊》2599号。
[3] 参《翟永坤启事》，1931年4月10日《北大日刊》第2601号。

回沪后，4月7日午后，郁达夫来到上海文艺新闻社，"告记者说是为取书籍从北平来，明日有船即再北去。并谓上海各书局现状如此，生活很难，决暂移居北平"。《文艺新闻》还拟了一个"郁达夫移居北平，下年在北大教课"的标题。[①]

当然，小报信息未必十足可靠，郁达夫对报社也未必实言相告，而且看起来更像是随意跑了趟火车，因暑假之后，郁达夫并未有北大之行，但至少，郁达夫对北大的念之系之，是深藏在其意识深处的。而他4月24日的日记中有这样一段文字："匆匆二十天中，内忧外患，一时俱集，曾几次的想谋自杀，终于不能决行……"似乎颇能让人揣测郁达夫此一行程中的复杂心境。

（载《史料与阐释》2022年卷）

[①] 参《郁达夫移居北平，下年在北大教课》，1931年4月13日上海《文艺新闻》第5号。

郁达夫：而立之年在武昌

1925年，郁达夫年届而立。年初，他从北大黯然离场，武昌师大接纳了他。在诗人生命中，1925是比较低调的一年；在郁氏研究中，1925也是相对不被重视的一个时间段。随着相关史料陆续浮出水面，郁达夫武昌一年的行踪告诉我们，这是诗人生命中不应被尘光湮灭的一个年头。

赴任武昌师大

1925年的春节来得比较早，1月23日就是旧历除夕。郁达夫应是在寒假里的2月4日（正月十二），应国立武昌师范大学新任校长石瑛之请，离开北京去的武昌，任教该校国文系。吴虞日记记录，1月31日，郁达夫过吴虞处，赠《晨报副镌》一册，并称下周三（2月4日）"当过武昌师大"。

值此之际，北大同人有过几次较大规模的饯行。综合周作人、钱玄同和吴虞等的日记，"因陶孟和夫妇回京、郁达夫将赴武昌教书"，1月31日中午，周作人、张凤举同在东安市场东兴楼举宴，一为陶夫妇接风，一为郁达夫饯行，同席者有陶孟和、沈性仁夫妇，沈尹默、沈兼士兄弟，马幼渔、马衡兄弟和林语堂、陈通伯、徐志摩、邓叔存、陈百年、江绍原、钱玄同等共23人；2月2日，则中午、晚上各有一场公宴，座中还有胡适之、王抚五、杨振声、吴虞等。

可见郁达夫的离任北大，是比较被公众化的一件事情。但让人疑惑的是4月13日《北京大学日刊》（第1667期）刊出的注册部布告，称"英文系教员郁达夫先生辞职，所授本科第一外国语英文及小说，本星期起均由刘贻燕先生暂代，时间、教室照旧"。而照郁达夫本人"从今年的阴历正月起，在武昌的狗洞里住了半年"（《说几句话》）的说法，1925年2月4日到4月13日期间，郁达夫是否并且能否还在北大兼课，还是一件尚待考量的史实。

"武昌师大的校址在阅马厂（武昌城内的一个广场）之东，东间壁是抱冰堂，即张之洞别墅所在地，堂的四周遍植桃花，每逢花开的季节，游人麕集，热闹异常。"[1]武昌师大学生李俊民在《落花如雨伴春泥——郁达夫先生殉国四十周年祭》一文中记下了第一次见到郁达夫的情形：

> 一九二五年二三月间，我回到武昌师大，到校后的第一件大事，就是去看望郁先生。一个傍晚，我在学校东北角教师宿舍的二楼西侧的一间房子里，第一次会见

---

[1] 李俊民《落花如雨伴春泥——郁达夫先生殉国四十周年祭》，《回忆郁达夫》第121页。

了他，看到他的神情与姿态，和我悬想中所构成的形象，似乎是吻合无间的。他待人恳挚，洒脱可喜，使我一见倾心。…… 在他驻足的这个大房间中，除一张床铺和写字台以及一张方桌外，满屋塞满了古今中外的书籍。日文以外，大部分是西书，包括英文、法文和德文。①

当风潮袭来

武昌校园并不平静，郁达夫数度被卷入风潮。其在武昌师大（1925年4月以后为武昌大学）的进退，又多跟校长石瑛脱不开关系。

石瑛到任之前，武大主持无人，百废待兴。为武昌师大升格为国立武昌大学，石瑛致力于治理与改革，并坚持重新审定教授资格及学识。此举引起教育哲学系主任、《夕阳楼日记》中未被点名的那位译者余家菊的不满，因余仅在伦敦大学旁听半年，以所学无基，恐被淘汰，遂以辞职相胁，同时又作匿名信谩骂校长，此举大令学生反感。2月21日，武昌师大师生举行联席会议，抵汉不久的郁达夫与杨振声、张资平、黄侃、陈建功等一同出席，并站在武大师生一边，支持全体学生发表宣言，"誓死驱逐余家菊，挽留石校长"②。

---

① 李俊民《落花如雨伴春泥——郁达夫先生殉国四十周年祭》，《回忆郁达夫》第119—120页。
② 《武昌大学又起风潮》，《民国日报》1928年2月28日第6版。

这学期末，因辞退黄侃、黄际遇、王谟等三位教授引学生不满，加之学校经费无着，新学期开学不久的9月12日，《申报》刊登消息："武大校长石瑛自京函代理校务李西屏，嘱办辞呈送教部。"校园内外一时舆论四起，武大发生第二次风潮。

此次风潮本以教育部挽留和石瑛返校，已于10月初趋于平静。但一向视军阀为毒瘤的郁达夫却因黄侃一拜门弟子以"国文系学生"名义上书"湖北的军政当局萧耀南"，"来左右校长，用一个教书的人"这样一件"不体面的事情"而义愤填膺，10月17日，他作书《现代评论》记者，题"说几句话"，并且以失之冲动的"武昌的狗洞"一词引起新的矛盾，旋被卷入风潮中心。

这个时候，郁达夫已身在北京。赴京前，他对学生说要"到北京找校长，请教员"[①]。推测来看，很大可能是行前郁达夫已经递交了辞呈，"本来打算不再出京了"（《一个人在途上》），故此时"职守俱无，穷愁潦倒"（《说几句话》），并且拟请教员以自代。10月23日，吴虞收到郁达夫寄自武昌的两封快信，言武大请吴虞往武大教授国文，月薪240元[②]；12月12日，郁达夫电吴虞，称武大聘其任国文教授[③]，此或是"请教员"行动之一。

---

① 蒋鉴章《武昌师大国文系的真象》，《现代评论》1925年第3期。
② 《吴虞日记》（下册）第282页，四川人民出版社1986年版。
③ 《吴虞日记》（下册）第286页。

11月上旬，郁达夫得辞武昌大学教职，13日从武昌去了上海。

武大课堂内外

郁达夫这一年的创作相对比较沉寂，用作家自己的话讲，是不声不响不做东西的一年。小说创作仅有《寒宵》和《街灯》两个短篇（后合题为"寒灯"）："当初的计划，想把这一类东西，连续做它十几篇，结合起来，做成一篇长篇。……但是后来受了各种委屈，终于没有把这计划实行，所以现在只好将这未完的两断片，先行发表了。"（《创造月刊·尾声》）散文也只有《送仿吾的行》和《打听诗人的消息》等寥寥几种。

事实上，这一年，郁达夫大量时间被投进了课堂教学和讲义编写。与此前曾在安庆法政专科学校和北京大学讲授英文、讲授统计不同，在武昌师大，无论课上课下，郁达夫都是纯粹的文学教授，讲授文学课程，培养文学青年："武昌师大实行选科制，他开出的选科是文学概论、小说论和戏剧论，自编讲义。"[①]

后来陆续问世的涉及各种文学文体的单行本《文学概说》《戏剧论》《小说论》，想必都是武昌课堂的结晶，也是郁达夫文学经验的总结。收入《文学概说》的编译文论《生活

[①] 李俊民《落花如雨伴春泥——郁达夫先生殉难四十周年祭》，见《郁达夫回忆录》第120页。

与艺术》文末志有"书后"：

> 这一篇《生活与艺术》，是到武昌后编译的第一篇稿子，预备作近来打算编的《文学概论》的绪言的。因为这一次匆促南行，带的书不多，所以不能举出实例，内容空虚之讥，是我所乐受的。此稿所根据的，是有岛武郎著的《生活与文学》头上的几章……

《小说论》的问世也颇具戏剧性。沈松泉《回忆郁达夫先生》中有记：

> 大约在这一年（1925）的冬天，有一天达夫先生到光华书局来，我正好在店堂里。他看见我就说："松泉，我有些急用，需要一百元钱，我这里有一部稿子给你，就算是稿费吧。"说着，他就从袖笼里取出一卷稿子来。这就是他在武昌师大的讲稿《小说论》。全稿份量不大，不过二万字左右，是他用钢笔字写的手稿，他的笔迹我是认识的。[①]

无论如何，这些著述是郁达夫结合自己文学创作和课堂教学的双重实践，对各文体写作做出的系统梳理和理论总结，

---
① 沈松泉《回忆郁达夫先生》，见《回忆郁达夫》第50页。

其方法和结论，今天来看，都极具前沿意味，也是郁达夫留给世界的别具风格的一类文学实绩。

在武昌师大，郁达夫还曾指导国文系学生组织艺林社，并主动介绍至北京晨报社，得报社同意，于4月10日在《晨报》副刊创设专刊《艺林旬刊》，以提供"国学的研究和关于文艺上的各种问题的讨论"。黄侃、熊十力等均有论作在该刊发表，郁达夫更是以多篇文论相支持，包括《诗的内容》《诗的意义》《文学上的殉情主义》和一次演讲实录《介绍一个文学的公式》。自第17号起，该刊脱离《北京晨报》，改由艺林社独立出版。对此，沈从文在《湘人对于新文学运动的贡献》一文中专门提及：

> 武昌高等师范学校，因杨振声、郁达夫两先生应聘主讲现代文学，学生文学团体因之而活动，胡云翼、贺扬灵、刘大杰三位是当时比较知名的青年作家。①

后来，刘大杰、胡云翼成为颇有建树的文史学家、词学家，贺扬灵英年早逝，从政期间亦以诗心才学著称。

---

① 沈从文《湘人对新文学运动的贡献》，《大公报》（上海）1946年7月30日第7版。

促成胡适武汉巡讲

4月30日,深省风潮之害的郁达夫与杨振声、江绍原联合致函胡适,邀请其来汉讲座:"……有感于退职之职教员屡次破坏武昌师大,皆经失败,故今又怂恿黄先生辞职,目的在使该系学生,因失课而起风潮。平此风潮惟一的方法,在请众人所心悦诚服之学者,来此作课外讲演。所以石蘅青先生同我们都竭诚请先生来讲演一次。""先生来此讲演的时间,一星期或两星期均可。""讲题先生可以便定,但时间必在五月内,愈早愈好。"① 虽然落款由杨振声代签,但胡适此行,郁达夫是全程参与联络的。

"五月内"的最后一周,9月26日,胡适南下抵武汉,29日开始在各校演讲,至10月5日。其《南行杂记》有记:

> 这回南下是受了武昌大学和武昌商科大学的邀请,去演讲五次。但到了武汉以后,各处的请求很难拒绝,遂讲演了十余次。②

原五次演讲包括武昌大学的《新文学运动的意义》、《谈谈〈诗经〉》(9月29日)、《中国哲学史鸟瞰(一、二)》

---

① 《杨振声、江绍原、郁达夫信一通》,耿云志主编《胡适遗稿及秘藏书信》第38册第138—140页,黄山书社1994年版。
② 胡适《南行杂记》,曹伯炎整理《胡适日记全编》第4册第209页,安徽教育出版社2001年版。

（10月1、3日），和商科大学的《文化侵略》（10月2日）。后来增加了在文科大学、华中大学、武大附中、湖南中学和青年会、银行公会等处的演讲，总计在汉演讲13场。另外，胡适还莅临了武大学生欢迎会、武汉各界欢迎会和教授公宴等活动。

胡适在汉期间，郁达夫与之多有交往。胡适称："见着许多新知旧友，十分高兴。旧友中如郁达夫、杨金甫，兴致都不下于我，都是最可爱的。"[1] 尽管目前尚未能明确郁达夫陪同出席了上述哪几场演讲和欢迎活动，但29日上午，胡适《新文学运动的意义》中不少观点，是被郁达夫记录在《咒〈甲寅〉十四号的〈评新文学运动〉》一文中，作为对孤桐（章士钊）评点的回应的。

10月中旬，诗人千里返京，什刹海北岸那个温馨的家，对郁达夫日夜奔波的苦辛和"万料不到"的被逐当是一种治愈。这一年的暑假，夫妻两个，日日与龙儿相伴，无论湖滨散步、吃饭看戏，还是摘葡萄、打枣子，一家三口总是形影不离，尽享天伦："这一年的暑假，总算过得最快乐，最闲适。"（《一个人在途上》）

而这一年的武昌体验，在郁达夫也是一言难尽。

（载2021年4月6日《文汇学人》）

---

[1] 胡适《南行杂记》，《胡适日记全编》第4册第220页。

郁达夫安徽省立大学任教时间索隐

一

现在我们能读到的郁达夫1929年9、10月间的"断篇日记"到10月6日即戛然而止，这天，郁达夫"从安庆坐下水船赴沪，行李衣箱皆不带，真是一次仓皇的出走"，其后两月行迹未见日记披露；与此相关的，鲁迅也在11月8日致章廷谦的信中称，"达夫……上月往安徽去教书，不到两星期，因为战事，又逃回来了"，这无形中给郁达夫的安徽大学任教经历下了一个固定时限，即9月29日到校，10月6日离开，连头带尾不到十天。

传说，郁达夫的"仓皇的出走"，盖因不满当局罢免校长刘文典，而招致安徽省教育厅长程天放的攻击，甚至被列入"赤化分子"名单，图谋加害，幸得友人邓仲纯事前通知，得离安庆回沪。时安徽怀宁人洪传经有诗《郁达夫先生授书安大闻有通缉之令匆促出奔诗以送之》相赠："一书竟报逐高贤，行色仓皇尽室捐。鸱吓狼贪何日了，与公再结未来缘"。

郁达夫本人称此为"安庆之难"。他在《青岛杂事诗》第五首注中记："遇邓君仲纯，十年前北京邻舍也。安庆之难，蒙君事前告知，得脱。"《避暑地日记》（1934年8月3日）再记："因去青岛在即，又作了几首对人的打油诗：'京尘回首十年余，尺五城南隔巷居。记否皖公山下别，故人张禄入关初。'系赠邓仲纯者。与仲纯本为北京邻居，安庆之难，曾蒙救助。"

总之，走得及时。至于这个"难"究竟是"通缉"（洪传经语）还是"战事"（鲁迅语），一时难以证实，本文在此亦存而不议；本文关注的是，这学期郁达夫是否真的未再重返安庆，而能在寒假以后密集索薪并得成功。

本文的答案是，郁达夫曾于当年11月，至迟12月重返安庆，继续执教安徽大学至阳历年底。

二

1929年11月2日，郁达夫致函史济行：

> 我于上月因事来沪，不日就要再去安徽教书，大约就在七八天内，一定动身。你若有空，可以前来谈谈。

这通与其他五通书信一起以"达夫书翰"为题，被编入1936年3月16日史济行主编的汉口《人间世》创刊号的短简，或并未引起足够的重视，在普遍认为郁达夫的安徽大学任教经历只有"不到十天"的情况下，人们会认为这里的"再去安徽教书"只是郁达夫对一位文学青年的一句闲谈。

但种种迹象表明，此或非闲言，史济行不仅来访面谈，而且还曾随郁达夫同往安庆。

汉口《人间世》半月刊"在汉口完全独立出版，与上海前所出者，丝毫无关"，该刊作者有周作人、郭沫若、丰子恺、许钦文、李劼人、徐訏、张天翼、宗白华、朱光潜、叶绍钧等，目测队伍相当整齐。而第一期编发的《达夫书翰》与天行（史济行）《梵岛一周记》、鲁彦《紫竹林小札》（王鲁彦致史济行函）诸文，均涉及郁达夫1929年7月的普陀之行，应该都由史济行提供。史济行虽在"窃稿"一事上颇被人非议，但看起来代搜文稿、替人投稿一向是其个人偏好。

比如他的擅自窃取《没落》原稿并替郁达夫刊发，在当年是不大不小的一桩公案。1930年6月14日，郁达夫《没落》开首部分断片刊登在上海《草野》周刊第二卷第11期"中国现代名家作品专号"上，署名"郁达夫"，6月21日第12期再刊一部分，两期文末均注"未完"。编者王铁华《前提》中介绍称，该专号"因为稿子多，所以分了上下两期出版"：

> 达夫先生是好久不见到他底作品，现在竟能在我们小小《草野》上读到他底长篇《没落》，或许会出人意外，

至于他的内容，是不须我再来介绍了。①

编排既竣，我还要郑重申说几句：这两期的稿子，大半是由我们的老友史济行供给，因为他和达夫、鲁彦等诸先生都属很要好的知交。②

6月15日晚上，内山完造招饮于"觉林"，郁达夫和鲁迅、郑伯奇以及日本新闻工作者室伏高信、太田宇之助，日本中国文学研究者山县初男、藤井元一、高久攀等一同出席晚宴，席上，郁达夫发现被盗窃刊发了《没落》原稿头上的几页。

因为完全不知情，郁达夫颇感气愤。6月17日，郁达夫以未完之创作稿《没落》原稿佚失，登《申报》三日重酬找寻，题"私窃创作原稿者赐鉴"，希望窃稿者能将该稿送还，或报知北新书局编辑所。③或在此期间，郁达夫得知"窃稿"者史济行也，23日，在写给周作人的信中即告知文学青年史济行窃稿、行骗情节，并"吐槽"下半年"也想不再上北平来了，横竖在南在北，要被打倒是一样的"。他原是努力着北上教书的。

巧的是，这桩公案与郁达夫的安庆之行有直接关系。后来的《读书月刊》曾有过一则这样消息：

---

① 王铁华《前提》，1930年6月14日《草野》第二卷11号。
② 王铁华《前提（二）》，1930年6月21日《草野》第二卷12号。
③ 郁达夫《私窃创作原稿者赐鉴》，《申报》1930年6月17、18、19日连刊三天。

郁达夫自从安徽大学回来后，忽然失去未完成的原稿《没落》一篇，后来忽然相继在上海及宁波的刊物上登出，所以先由北新书局代等（登）广告，代达夫追寻原稿。后来达夫自己在《北新》半月刊登一启事，语多牢骚感慨，闻其底细，在因达夫去年至安庆时，曾与某君同去，回来时，达夫之行李书籍均由某君带回，某君乃并未取得达夫同意，私将其原稿取出发表，以致有些误会云。①

再晚一些，《文艺新闻》也有过报道《偷窃原稿乎？》，基本将史济行视为文稿偷窃者，叙事上似有些粗糙：

郁达夫从安徽来沪时史济行与他同行，并为他照料行李。遗失了一篇未写完的小说名"没落"的原稿，后在《草野》上竟发现一篇小说与《没落》完全相同，著者则是史济行。郁以面情关系，亦未追究。②

两段文字细节上有些出入，但一个信息是明确的，即史济行曾与郁达夫同往安庆，并在将郁达夫行李书籍从安庆带

---

① 《郁达夫失窃原稿》，1930年11月1日《读书月刊》创刊号"国内文坛消息"。
② 《偷窃原稿乎？》，1931年4月13日《文艺新闻》第3版。

回上海途中，擅自取得手稿。这与郁达夫11月2日致史济行函中称七八天内将赴安徽教书的信息是呼应的。

那么是否有可能是9月29日至10月6日的那次往返呢？

足以否定这一猜测的是曾朴的《病夫日记》，他在10月5日的日记中称：

> 虚白告诉我，今天史济行来，曾谈起见郁达夫的几句谈话。①

曾朴记录的其子曾虚白与史济行的谈话内容对本文不重要，是关于郁达夫如何看待曾朴小说《鲁男子》和《孽海花》的，但时间很重要。

郁达夫与史济行谈论曾朴，查郁达夫日记，很可能在史济行与楼适夷同访郁达夫的1929年9月7日。郁达夫9月8日日记中有记：

> 昨天楼建南、史济行自宁波来，和他们谈到了夜。

史向曾虚白转达郁达夫评点是在10月5日，也即郁达夫"仓皇出走"的前一日。因此很显然，这天还在上海的史济行不可能次日即从安庆返回上海，其与郁达夫同往安庆或

---

① 参苗怀明主编《曾朴全集》第十卷第250页，广陵书社2018年版。

同回上海必定另有时间，或即在郁函中所称的这年11月后。

对此提供辅证的是郁云《郁达夫传》中的一段文字：

> 郁达夫在安徽大学任教期间，王映霞于一九二九年十一月生下第一个男孩。产前，郁达夫自安庆来上海，到十一月底再回安庆。因为这时正值农历十月小阳春，所以郁达夫就用"阳春"作为男孩的乳名，又借用南宋忠勇名将岳飞的名字，取名郁飞。鲁迅夫妇为他俩得子曾赠送绒衫和围领。[①]

郁云这里叙述的信息应该来自王映霞。尽管这年王映霞产下的是女儿静子而不是男孩阳春，但作为一位母亲，王映霞对其生产期间郁达夫往来安庆这件事的记忆应该不会有大的出入。当然，郁云所持"得友人邓仲存暗中告知，才得于一九三〇年一月初'逃回'上海"这一观点，时间上或欠精准，因1930年1月1日，郁达夫日记里即有中午约邓铁、王老来喝酒和晚上与林语堂同赴大夏大学观看大夏剧团排的演林语堂话剧《子见南子》的记录。

现在披露的郁达夫本人日记断章也提供了一些蛛丝马迹。比如称王映霞从安庆带回的书中"只缺少了十几本，大约是被学生们借去的"，如果只是开学前那十天，"学生们"

---

① 郁云《郁达夫传》第103页，福建人民出版社1984年版。

借书的情形怕是不容易发生；而书籍行李的留在安庆，次年2月底才命王映霞前往收取，则除了可以因为出走"仓皇"，更可能有开年仍回安大执教的计划——1930年2月21日《安徽大学校刊》刊有《预科课程暨教员一览》，列郁达夫名下的课程有文预科选修课"文学概论"一门，每周两课时。①

三

综合各方信息，本文倾向于认为，尽管1929年10月6日从安庆仓皇出走，郁达夫仍有再往安徽大学执教的经历，至迟12月底回沪。至于往返时间和频次，可以参考鲁迅日记，这年10月以后郁达夫往访鲁迅的记载有10月10日、15日、29日，和11月15日、17日、26日六次，故郁达夫重返安庆的完整时间或在11月底，此前有穿插往返也不是不可能。

唯此，1930年1月后，郁达夫向安徽大学密集索薪之举才有合理情由。以下摘录的是郁达夫日记中关于索薪的记录，看起来应该是理直气壮的，同时也记下了其与安徽大学最终离断的一个过程。

1月7日：今天发电报一，去安徽索薪水。

---
① 《安徽大学校刊》第24期，安徽师范大学档案馆编《安徽师范大学馆藏〈安徽大学校刊〉专辑》第47页。

1月15日：午膳后发快信一封去安庆催款。

1月18日：去安庆的屠孝实已回来到了上海。午后去看他，晓得了安徽大学的一切情形，气愤之至，我又被杨亮工卖了。

1月29日（旧历除夕）：去访一位新自安徽来的人，安徽大学只给了我一百元过年。气愤之至，但有口也说不出来。

1月31日：想起安徽的事情，恼恨到了万分。傍晚发快信一封，大约明后日总有回信来，我可以决定是否再去再不去了。

2月1日：午后有安徽大学的代理人来访，说明该大学之所以待我苛刻者，实在因为负责无人之故，并约我去吃了一餐晚饭，真感到了万分的不快。

2月18日：晨去北四川路，打听安徽的消息，并发电报一通，去问究竟。

2月19日：傍晚接安庆来电，谓上期薪金照给，并嘱我约林语堂去暂代。去访林氏，氏亦有去意。

2月21日：早晨又打了一个电报去安庆，系催发薪水者，大约三四日后，总有回电到来。约林语堂去代理的事情，大约是不成功的。

2月28日：晚上命映霞去安庆搬取书籍，送她上船。

3月6日：傍晚接安庆来电，谓钱已汇出，准今明日动身返沪云。

这里的"恼恨""气愤"和"不快",因当事人在日记中语焉不详,今天只能靠猜,比如除了薪水拖欠,可能的原因或不外校方对教授重视不够、安顿不周、承诺不能兑现,以及郁本人与校方谈判不成等。1930年前后,安徽省府安庆堪称是非之地,省府高层变动频繁,校方也不时"负责无人",加之兵变不断,战火硝烟连绵不绝,混乱无序是可以想见的。

索薪月余,2月28日才送王映霞远道安庆取书和提薪,则或与郁达夫2月24日电复北大校长允年后赴北大授课[①]有关。其实,早在赴安大前的1929年7月12日,郁达夫即在致翟永坤函中,言及将应周作人之召去北大教书;两个月后的9月17日,安徽省立大学聘其为文学教授,月薪340元,薪水可人,并且第二天就电汇来薪水340元。郁达夫很快接受安大教职,答应往教半年,并于当月26日启程,怎奈后来安大经历让人不快。北大重递橄榄枝,郁达夫自是颇多感慨。据《北京大学中文系课程指导书》,北大这学期给郁达夫排的课,是每周两课时的"小说论"。[②] 北大尘埃落定,

---

① 参《国文学系通告》,《北京大学日刊》1930年2月27日第2349期。
② 参《北平各大学的状况》第22页,为"新晨丛书"之一,出版信息不详。

重任北大指日可待,在郁达夫当然是更好的选择,安庆自此可以不必纠结"再去再不去"。遗憾的是,后来因为突发结核性痔漏,郁达夫北大之愿未能得偿。

(载《史料与阐释》2022年卷)

戎马间关为国谋，南登太姥北徐州

——郁达夫三大战区劳军事略

抗日战争全面爆发以后，郁达夫两度以政治部设计委员身份受命赶赴战争前线，代表政治部慰问和酬劳第一、第五和第三战区前线将士，以"文人入伍"的壮举，体现了自己"为国家牺牲一切"的决心和意志。这是郁达夫"战士"生涯中颇令人关注的事件，但在郁达夫研究中，此一事件的脉络轨迹似并未被清晰梳理。

翻阅现有的郁达夫年谱和传记，陈其强《郁达夫年谱》作"4月中旬，去台儿庄、徐州劳军；5月8日，视察结束，返回武汉"，"6月下旬，奉命去浙东、皖南第三战区视察；7月初，自东战场返回武汉"，基本依据郁达夫《毁家诗纪》的说法；王自立、陈子善《郁达夫简谱》作"4月14日，与作家盛成等一起代表政治部和文协，携带'还我河山'锦旗一面和《告慰台儿庄胜利将士书》万份去郑州、台儿庄、徐州等地劳军；5月3日，返回武汉"，"6月中旬，又去浙东、皖南视察战地防务；7月初，回到武汉"，部分信息来自盛成的回忆；以资料详实著称的郭长友《郁达夫年谱长编》，也仅有"4月14日，受政治部和文协委派，与作家盛成一起去郑州、台儿庄、徐州等地劳军；5月3日，视察结束，返回武汉"，"6月下旬，奉命去第三战区浙东、皖南视察；7月初，视察结束，回到武汉"，未越出当时已有郁谱的信息框架；蒋增福、郁峻峰《抗战中的郁达夫》描述千里劳军，除郁氏本人诗文外，多采信盛成后来的回忆《与达夫一起去台儿庄劳军》一文。可以看到，这些记载还存在时间上的参差不一和史迹上的语焉不详，郁达夫长达四十余天的两度劳军经历或需要进一步整理。

本着作家年谱亦首先是"全人年谱"的理念，我们在编修浙江省文化工程版《郁达夫年谱》时，将此一事件些许细节稍作落实与还原，节录在此，恳请指正。

1938年3月9日，从福州到武汉

1938年2月1日，国民党军事委员会总司令部原训政处扩大为政治部，陈诚兼任部长，周恩来代表共产党任副部长。3月1日，接手政治部第三厅筹办任务的政治部秘书郭沫若，在其"工作计划应不受限制""人事问题应该有相对的自由""事业费预算由我们提出"三项要求得陈诚"件件依从"后，即着手筹备第三厅，并致电身在海防前线福州的老友郁达夫，促其赴汉口政治部主持第三厅主管对敌宣传的第七处。①

接到郭沫若赴任电时的郁达夫,刚在福州经历了敌机的来袭、文救会的被要求"改组",老母在家乡惨死的噩耗亦刚始传到福州。哀痛欲绝的郁达夫以母丧向福建省主席陈仪呈请辞职,请假回籍。虽因战事纷扰,郁达夫辞呈获准的公报迟至5月7日才由时已内迁山城永安的福建省政府发布②,但3月9日上午,郁达夫即从福州启程。他先奔浙江丽水,接上避居丽水的王映霞和一家老小,途中,还上庐山作了短暂游览,继从九江坐江轮,于3月下旬抵汉口——郁达夫内心明白,经了这一趟旅程,他将由一介"文人",变身为可以戎马疆场的"战士"。

抵汉不久,3月27日,"中华全国文艺界抗敌协会"在汉口总商会礼堂举行成立大会,郁达夫被推为45人理事之一。4月3日,在冯玉祥宅举行的文协第一次理事会上,郁达夫又被推为常务理事、研究部主任及文协会刊《抗战文艺》编辑委员。但查《抗战文艺》,郁达夫被记录出席的文协会议、座谈、聚会等活动并不太多,可以想见,这个时候的郁达夫并不仅仅关注着抗战文艺的组织工作。他誓言"今

---

① 这是郭沫若1947年《再谈郁达夫》中的说法,时已事隔十年,达夫亦已失踪两载。据1938年3月10日《福建民报》,则郁达夫"因就行之前已接总政治部秘书郭沫若电,促赴该部任科长,故还将赴汉口一行",似并无主管第七处之说。
② "代理本府公报室主任郁达夫电请辞职,应予照准",1938年6月15日《福建省政府公报》永字第2期。

日不弹闲涕泪，挥戈先草册倭文"（《廿七年黄花岗烈士纪念节》），也在家恨国仇之下以笔为戎，写下大量抗战诗文，远走南洋以后，还竭己所能，想方设法为文协筹款，但身在当时政治、军事、文化中心的武汉，民众高涨的抗敌热情鼓舞着他首先去践行文协口号："文章下乡，文章入伍。"

4月1日，国民政府军事委员会政治部第三厅筹组完成，在昙华林正式成立，部长陈诚、副部长周恩来出席大会，郭沫若任第三厅厅长，主持宣传工作。因达夫抵汉晚，郭沫若"就近"请第三厅副厅长范寿康兼了第七处，老友胡愈之、田汉、洪深、冯乃超等亦均到任，文化界知名人士郁达夫只被聘作政治部设计委员，研究、规划政治部的战时宣传事宜。

但郁达夫并不以为意，相比于文协理事，在武汉的郁达夫似对政治部的事务更投入。陆诒回忆道："那时他也同我们一样穿起草绿色的军装，热情洋溢地做抗战宣传工作。"[①] 尤其因了设计委员这个"闲差"而得两度劳军，是郁达夫戎马间关、与国为谋的重要行迹。在当年聚集武汉的文人队伍里，作家盛成、谢冰莹，记者范长江、陆诒，亦曾到过台儿庄前线劳军或采访，今天看来，郁达夫无疑是他们当中最年长和最具知名度、影响力的一位了。

---

① 陆诒《忆郁达夫先生》，见《回忆郁达夫》第330页。

1938年4月17日，郑州第一战区

4月7日，台儿庄大捷，举国上下为之振奋。消息传到武汉三镇，自发参加祝捷大会、火炬游行的民众有四五十万人。当晚7时，由政治部联手武汉军政各界召集庆祝大会，除决定向前方将士致电致敬外，并提议"各机关团体学校迅推代表遄赴前线慰劳抗战将士"①。政治部遂派第三厅设计委员代表军委会，前往徐州战场劳军并巡视防务。

4月17日，晨7时1刻，由军委会政治部设计委员郁达夫、李侠公、杜冰坡、罗任一和电政总局局长庄智焕等组成的政治部慰劳前线将士代表团，携带"还我河山"锦旗和《告慰台儿庄胜利将士书》万余份，由汉口大智门车站出发赶赴徐州战区。同赴战区劳军的还有中华全国文艺界抗敌协会及国际宣传委员会代表盛成等。

是夜11时，车到郑州，第一战区司令部政训处处长李世璋上车欢迎政治部代表。虽夜已深，站台上结集欢迎之各民众团体仍有千余人。当晚，代表团下榻郑州鑫开饭店。②

郑州是代表团此行第一站。这里离黄河前线仅五六十里，"而郑州居民尚镇静如恒，当系民众运动做得起劲之效果"③。

---

① 《台儿庄之捷》，独立出版社1938年版。
② 盛成《徐州慰劳报告》，见《盛成台儿庄纪事》第17—18页，北京语言文化大学2007年版。该报告完成于从台儿庄回汉不久，在细节叙述上或更可采信。
③ 郁达夫致王映霞函《战地归鸿》。

据《战地归鸿》和盛成《徐州慰劳报告》，抵郑州第二天，4月18日，他们忙了一天，先是接受第一战区司令长官程潜的会见，又"莅临民众大会。向第×战区司令长官献旗。视察民训政训工作。接见工人代表团"等。

4月19日晨，郁达夫与盛成等驱车往黄河南岸劳军，遥瞩倭寇北岸情形，并"拟向之大呼口号，招反战之日本士兵来归降也"（《战地归鸿》）。乘车到大堤，见沿河工事非常坚实，铁路工人尚有冒炮火搬运铁轨者，"既闲散而又紧张"，而三公里长的黄河大桥已被炸毁。众人上得南岸最高处五龙顶，"却忽而吹来了一阵沙漠里常有的大风……弥天漫野的沙尘，遮住了我们的望眼"。瞭望不成，口号也未竟，只得明碑上留诗一首，即七律《戊寅春日北上劳军视察河防后登五龙顶瞭望敌军营垒翌日去徐州》，下山后重谒虞姬庙。正所谓"题诗五龙顶，归谒虞姬祠"。因意外发现虞姬祠里一个三等邮局还有一位邮务员在办公，欣喜之余，"大家就争买明信片，各写并非必要的信……为的是那一个某年某月某日的黄河南岸的邮戳，是可以作永久的纪念的"。郁达夫当有明信片寄王映霞，《战地归鸿（二）》称："寄回此邮片，请善藏作永久纪念。"

下午回郑州，在陇海花园众乐轩参观第一战区政训处抗敌画展，有油画、漆画、粉画、水彩、连环画等70件。晚去陇海大礼堂看第一战区政训处抗敌剧团演出《保卫大河南》。① 这与第三厅倡导戏剧、音乐、美术、电影等可以下乡入伍的抗战宣传形式的工作内容十分吻合，显然，郁达夫既是观赏，又是工作视察和业务指导。

1938年4月20日，徐州第五战区

据4月19日晚间作的《战地归鸿（一）》，代表团原定19日晚出发赴徐州，但最后成行是在20日早晨。代表团搭乘"蓝钢皮"特快车往第五战区。车到开封遇警报，又让行兵车，误点甚多。②

4月21日晨，特快车始抵距徐州十八公里之夹河寨，因开车无期，遂弃车骑驴，依公路进徐州城，下榻徐州花园饭店。午后到第五战区司令长官部，先访参议林素园，下午5时得见司令长官李宗仁。③

当晚，在李宗仁倡议下，政治部在徐州组织了一个抗敌动员委员会，由郁达夫、盛成、林素园和记者范长江、陆诒等组成，委员们一同起草委员会章程，后来举行过多次抗日宣传活动。④ 郁达夫还被推为第五战区民众总动员会设计委员会委员。⑤

---

① 盛成《徐州慰劳报告》，见《盛成台儿庄纪事》第21页。
② 盛成《徐州慰劳报告》，见《盛成台儿庄纪事》第21—22页。
③ 盛成《徐州慰劳报告》，见《盛成台儿庄纪事》第22—23页。
④ 参盛成《与达夫一起去台儿庄劳军》，《回忆郁达夫》第433页。
⑤ 盛成《徐州慰劳报告》，见《盛成台儿庄纪事》第82页。

4月22日晨7时，郁达夫和庄智焕、杜冰波等代表政治部向司令长官李宗仁献旗。中华全国文艺界抗敌协会和上海文化界国际宣传委员会亦分别献"还我河山"旗和"为世界和平而战"旗，李宗仁三受旗并致答礼。

为避空袭，22日午11时，设计委员们随第五战区司令长官部参议陈江，往游徐州郊外名胜云龙山，郁达夫作七律《晋谒李长官后西行道阻时约同老友陈参议东阜登云龙山避寇警赋呈德公》。晚赴李宗仁宴。[1]

政治部抗敌剧团也在徐州前线慰劳将士，4月23日，郁达夫和委员们赴中枢街铜山县实验小学校剧团驻地看望剧团，并送去很多宣传品。[2]

4月23日中午，军委政治部、中华全国文艺界抗敌协会和上海文化界国际宣传委员会三团体代表还"在徐州的花园饭店前面的一家叫致美楼的饭馆"宴请死守台儿庄的第31师师长池峰城，池师长为大家讲述了台儿庄战役中47位敢死义士的故事，这个故事后来被郁达夫记录在《在警报声里》一文中。

---

[1] 盛成《徐州慰劳报告》，见《盛成台儿庄纪事》第23—26页。
[2] 《向台儿庄去——政治部抗敌剧团工作通讯》，《苦斗》1938年第2期。

盛成在《与达夫一起去台儿庄劳军》①的回忆里，还记录了一件未见史载的事迹。时美国驻华武官参赞史迪威亦下榻花园饭店。他想去前线台儿庄，却被第五战区政治部阻止。盛成在花园饭店后院散步时遇见史迪威，得知详情后即找郁达夫商量。郁达夫认为这是一个非常重要的情况，当即与盛成一同带史迪威去见李宗仁。这天是4月23日。"李宗仁问史迪威有什么要求，史答曰想去台儿庄，李一口答应，因为政治部代表达夫在场，达夫不表示反对，就等于代表政治部破例同意了。所以，史迪威能到台儿庄，达夫之功实不可没。"②当晚，美国参赞史迪威就与政治部代表团同赴台儿庄。③

史迪威进入台儿庄亲眼看见了中国军队的战绩，证明中国军队有很强的战斗力。后来，史迪威撰写了一份报告给美国政府，希望美国政府给中国经济援助，以购买战略物资。可以说是郁达夫促成了美国的经济援华政策。

---

① 作为事后回忆，盛成此文颇多谬误；但以盛成文字之喜为己立言，本文却将此事功多半推给郁达夫，虽然几处表述在细节上略有矛盾，但就史事本身而言，这一"达夫之功"的可信度无疑是较高的。而此事之不见记录于《徐州慰劳报告》，据盛成称，或是"因为史迪威要求我们保密，所以我们回到武汉没有把此事写在工作报告中"。
② 盛成《与达夫一起去台儿庄劳军》，《回忆郁达夫》第434页。
③ 参盛成《与达夫一起去台儿庄劳军》，《回忆郁达夫》第434页。

1938年4月23日,行向台儿庄

4月23日深夜,郁达夫、盛成与女兵作家谢冰莹、参议陈江和抗敌剧团部分团员同车出发前往台儿庄。[①] 谢冰莹回忆说:"晚上十一点,我们跳上了开往台儿庄的专车。像前次去利国驿一般,我们又坐在那头等客厅里。每人独占了一张能够自由转动的沙发。"[②]

24日晨,车停宿牙山,为等兵车先开,足足停了一个钟头,兵车很多,"起码有一里路那么长",士兵们高唱着"雄壮的救亡歌曲"。[③] 7时向临枣台赵支线北行,闻炮声,到车辐小站,炮声隆隆。傍午到杨楼,略事休息后先乘车往于军部,见于学忠将军,再往孙军部,见孙连仲将军。下午3时半,代表团辞别军部,他们先到台儿庄南火车站,再从西门进台儿庄,看到一幅焦土抗战的画面。……遂分头向士兵发放慰劳品和慰问信,在东岳庙会合后,结队同出西关,乘孙军部大汽车经由北站回车辐山车站。[④]

当年,赴台儿庄探望慰问的各地记者和各界群众络绎不绝。作为战地前线,台儿庄并不宜久留。虽然大战结束已近20天,战场业经清理和打扫,但被大战毁坏的房屋设施却

---

① 盛成《徐州慰劳报告》,见《盛成台儿庄纪事》第26—43页。
② 谢冰莹《抗战日记》第323页,台北东大图书公司1981年版。
③ 谢冰莹《抗战日记》第323页。
④ 盛成《徐州慰劳报告》,见《盛成台儿庄纪事》第44—49页。

远未及恢复:

> 入西门后,即见满地瓦砾、沙土、破纸、烂衣,倒壁,塌墙……所有房屋,无不壁穿顶破、箱柜残败、暗无一人,有福音堂一所,亦毫无例外的彻底被毁于敌人密集炮火之中。士兵之驻民房中者,皆另在地中掘孔而居,上盖厚土。①

这是记者范长江在"台儿庄完全规复后四小时"进入战场看到的景象,可见战争之惨烈。郁达夫抵台儿庄,这样的场景也还历历在目。同时,空袭更是常态。4月20日以后,虽因我将士坚决抗拒,严防死守,"我多数阵地敌始终未能越雷池一步",但"当时敌机数架曾滥炸终日"②,台儿庄和津浦沿线仍是硝烟弥漫、战火四起。郁达夫在4月27日给王映霞的信(《战地归鸿》)中写道:

> 来徐州已将四五日,前两天去了中国打倭寇划一时代的台儿庄。历访了于总司令学忠,孙总司令连仲等前线将士,总算是经过了敌人炮火下的一条血路。头上的

---

① 范长江《慰问台儿庄》,《战地通信》1938年5月1日。
② 《第二十军团汤恩伯部参加鲁南会战各战役战斗详报(节选)》,中国第二历史档案馆编《中华民国史档案资料汇编》第5辑第2编(军事2)第582页。

> 炮火，时常飞来，轰隆隆轰隆隆的重炮声，不断地打着。还有飞机（敌机）的飞来飞去。麦田里躲避，也不知躲避了多少次。前线的将士，真能够拼命，我们扼守着台儿庄东南，扼守着郯城、临沂、峄县、邳县等地的血肉长城，不管他炮轰得如何厉害，总是屹然不动，使倭寇无法可施。等炮火一停，或倭兵看见了之后，就冲出战壕来杀、砍，放机枪与步枪。倭寇有的是炮火，我们有的是勇气。

4月25日，在完成了战地巡视和慰问后，郁达夫与劳军人员的专车即被夹在50辆空车之间驶回徐州，次日清晨抵返徐州。[①]

1938年4月28日，前线观感

政治部此次劳军在当年影响很大，各报刊留下的消息和访谈颇多。4月28日下午，在奎光阁司令长官秘书宴上，郁达夫发表了本次前线观感：

> 五战区军纪好，军民合作，一切皆生气勃勃。必能阻止敌人打通津浦的企图。我方将士抗战情绪极高，毫

---
① 盛成《徐州慰劳报告》，见《盛成台儿庄纪事》第50页。

无惧怕的心理，反之日军则异常厌战怯战，从曹聚仁先生那里看到一本日本军官的日记，是一个彻底法西斯蒂曾参加"二二六"事变的青年将校所遗失的。内容记载非常强硬顽固，但是他写的"这次调为守备军，总算有了回家的希望"这么一句，却无形中暴露了他怕死的心理。①

这天，郁达夫还接受了中央社记者采访，告此行观感，内容更全面：

> 此次我们奉政治部之命，前来慰劳将士，一面也想看看前线的情形，如军民合作的现象、士兵风纪的整肃等等。我们到了台儿庄，到了利国驿，从前线归来，感想很多，而最重要的一点，是因此次的实地观察，更加强了我们最后胜利的确信。分开来说：（一）我们的士兵，已经有了十足的自信，觉得敌人的炮火战车飞机的乱轰乱放，终抵不过我们的忠勇刚毅；（二）是老百姓抗敌气心的加强，敌人轰炸得愈厉害，奸淫掳掠得愈凶，老百姓的自卫与协助的工作，也做得愈周到。台儿庄一役，敌死伤万余人。郯城、邳县、峄县诸线，敌人的伤亡，每日总在三四千人以上。敌人想雪台儿庄的奇耻大辱，

---

① 盛成《徐州慰劳报告》，见《盛成台儿庄纪事》第51—55页。

调其疲惫之各路残兵，集中于津浦南北两段，未战就先已露出败兆。因为这类残兵，都已苦于久战，思乡心切，虽勉强集中，实早已丧失了英锐的战斗能力，这于这一次检阅了许多俘虏及战死倭寇的手记家信及日记之后，就可明白。最使我们感觉奇异的，是在台儿庄作战的许多华北驻军板垣、矶谷部队的手记，他们都是与"二二六"事件有关的青年将校及士兵，都是彻头彻尾的法西斯主义者，而在他们的日记里，我们也见到了"被役前的错误观念害煞了"等忏悔畏怯之辞。此外的感想还很多，当于去武汉之后再慢慢的写出来。①

作为对日本文化、日本人颇为熟稔的一位知识分子，郁达夫在战场的观察十分独特，他言谈中对日本士兵厌战心理的剖析，无疑可以增强国人对法西斯主义必败和赢得"我们最后胜利"的信念，颇有感召民众、振奋士气的力量。

从现有资料来看，上述访谈同时（4月30日）被刊载于上海《导报》、广州《中山日报》、杭州《东南日报》、西安《西京日报》、贵州《革命日报》和南宁《南宁民国日报》等，蔚为一时之热。

---

① 《政治部慰劳团考察津浦前线》，《申报》1938年4月30日第2版。参《郁达夫谈前线归来感想》，《西京日报》1938年4月30日第1版；参《前方一团朝气军民自信极强郁达夫自前线归来谈》，《中山日报》1938年4月30日第1版。

1938年5月3日，回返武汉

4月27日，郁达夫曾在徐州致函王映霞（《战地归鸿（三）》），详细报告了战地行踪并回程安排："拟于今晚动身到开封去。在开封顶多住一两日，然后就往郑州回武汉。四过信阳，当下车去潢川一看青年干部在那里训练的情形。到家当在五月初旬。"这个计划或并未完全履行。

据现有资料，郁达夫是5月1日离开徐州，5月3日抵返武汉，中间两天是否经停郑州或潢川，尚不得而知。抵汉之时，老舍、老向等作家在车站迎接[①]，郁达夫并再次接受记者采访，称还有意往西北前线一行：

> 前代表政治部往前线劳军的本会常务理事郁达夫，已于三日完成任务，回返武汉，他还有意往西北前线一行。[②]

郁达夫没有食言，虽然西北之行实际上成了后来的东战场劳军。回汉及之后，郁达夫相继写下了《平汉、陇海、津浦的一带》《黄河南岸》《必胜的信念》《在警报声里》等文字，记录自己近距离观察和亲身感受的这一场民族战争，

---

① 参《盛成回忆录》第113页，山西人民出版社2012年6月版。
② 参《文艺简报》，1938年5月7日汉口《抗战文艺》（三日刊）第一卷第2号。

字里行间呈示了他的感动与思虑、乐观与自信。同时，郁达夫也将自己了解到的前方将士"希望我们在后方的执笔者，能多送些士兵的读物，及足以娱乐暇时的图画刊物等印刷品去，藉资消遣"诸需求，通过倡议发动"一种书"运动，建议后方文人"将我们所读过的定期刊物、书报小说之类，统统捐助出来，送上各战区的后方办事处去，请他们转送前线，分给守土的将士们阅读"，并视此为文人笔友"在战时所应做的工作"中最重要的一部分。这一倡议，很好地体现了非常时期"文章下乡、文章入伍"的战时文化立场。

1938年6月5日，再赴浙东、皖南第三战区

郁达夫的东战场劳军，虽在《毁家诗纪》有零星记载，"六月底边，又奉命去"第三战区浙东、皖南视察，"曾宿金华双溪桥畔……与季宽主席等一谈浙东防务、碧湖军训等事"，并7月初，"自东战场回武汉"等，但除了诗纪、自注和《余两过黄山未登绝顶抗战军兴后巡视防务至屯溪遇雨至朱砂泉一浴》（七律）等诗作外，郁达夫关于东战场劳军的文字其实并不丰富，记录也不完全确切，此次劳军的细节更是少为人知，以至几部年谱均未标注明确的时间刻度。

查中华全国文艺界抗敌协会会刊《抗战文艺》，文协研究部主任郁达夫东战场劳军的信息曾在周刊第7、8、10期

上三度被发布。5月27日《抗战文艺》周刊（第一卷第7期）刊出《会务报告》，称因"研究部主任郁达夫最近就到东线去调查，已决定再添请几位干事，帮助副主任胡风办理一切"[①]，为郁达夫的暂离会务特别做了安排；6月11日，《抗战文艺》（第1卷第8期）刊出文艺简讯，称郁达夫又赴东战线视察，约两周后可返汉；6月25日，郁达夫返汉前夕，《抗战文艺》（第一卷第10期）再次预告，郁达夫将于日内从东战场返汉。

当年报刊对此事的报道更确切。1938年6月6日，《华美晨刊》第1版、《革命日报》第11版刊有《郁达夫等今赴东战场视察》的消息，《晶报》《新闻报》等亦有转载。消息称：6月5日，郁达夫与政治部设计委员邹静陶、汪啸涯、许宝驹、刘晋暄等人一起由武汉抵南昌，拟赴东战场视察。他们将于次日（6日）启程赴东战场，拟两星期后返武汉。

1938年6月27日，前线归来

郁达夫一行自浙东战场的返汉时间，是在1938年6月27日。《申报》消息《许宝驹等视察前线归来》中有称：

> 政治部长前曾派设计委员许宝驹、郁达夫、刘晋暄、

[①] 文协总务部《会务报告》，1938年6月5日汉口《抗战文艺》（周刊）第一卷第7期。

汪啸涯、邹静陶五人，前往第×战区视察有关抗战之各项政治工作，并慰劳前方将士。许等历赴屯溪、青阳、宁国、河沥溪、木镇、金华、义乌、永康各地视察，已于廿七日返汉，向陈部长报告一切。据闻视察结果甚为圆满，前方士气极为振奋，民众抗敌情绪尤极热烈。[①]

这两则消息基本上勾勒出了郁达夫与其他四位设计委员此次浙东、皖南战场劳军的行踪与轨迹。他们于1938年6月5日从武汉出发，6日经南昌赴东战场，巡视了安徽屯溪、青阳、宁国、河沥溪、木镇和浙江金华、义乌、永康各地防务，6月27日返回武汉，历时22天，比台儿庄劳军时间更长，也与郁达夫本人"六月底边""七月初"的记录颇有出入。

还有一个细节值得一提，战区劳军，还是委员们自己先行垫付的交通费。8月11日，衡山设计委员会第三处会计股来函，告以赴第三战区视察所用之旅费291.7元已核准。9月27日，王映霞收信后代为出具领据，并挂号寄出，因郁达夫已于9月22日应陈仪电召，从汉寿出发赴福建，其时正借宿江山。

---

① 《许宝驹等视察前线归来》，1938年6月29日《申报》第2版。

尾声：节外变故

战区劳军期间，不意郁达夫家庭生活陡生变故。郁达夫在《国与家》中坦言："自北去台儿庄，东又重临东战场，两度劳军之后，映霞和我中间的情感，忽而剧变了。据映霞说，是因为我平时待她的不好，所以她不得不另去找一位精神上可以慰藉她的朋友。"汉口争吵，沸沸扬扬，周恩来、郭沫若等都曾出面调解。[①]7月9日，以周象贤、胡健中为"见证友人"，郁、王二人立据签订《协议书》：

> 达夫、映霞因过去各有错误，因而时时发生冲突，致家庭生活苦如地狱，旁人得乘虚生事，几至离异。现经友人之调解与指示、两人各自之反省与觉悟，拟将从前夫妇间之障碍与原因，一律扫尽，今后绝对不提。两人各守本分，各尽夫与妻之至善，以期恢复初结合时之圆满生活。夫妻间即有临时误解，亦当以互让与规劝之态度，开诚布公，勉求谅解。凡在今日以前之任何错误事情，及证据物件，能引间感情之劣绪者概置勿问。[②]

[①] 参黄世中《王映霞：关于郁达夫的心声》第47—48页，河南文艺出版社2013年版。
[②] 《王映霞自传》第160—161页，黄山书社2008年版；参罗以民著《天涯孤舟——郁达夫传》第193页，杭州出版社2004年版。

经友人劝解和双方的"忏悔与深谈",两人总算搁置争议,做了一回破镜重圆的努力。

然而好景不长。不久,武汉被围,政府下令疏散人口。1938年7月11日,郁达夫偕家人搭江轮离汉口往湘西,先避常德,再居汉寿。12月19日,郁达夫偕王映霞和郁飞,从马尾登上驶往南洋的邮轮——自此,诗人便零落天涯,直至消逝在遥远的赤道线上。郁达夫南行的决绝,有一部分是为弥合家庭生活已经出现的裂隙,躲避"与国民党官僚层和决策者发生龃龉"(《嘉陵江上传书》)的可能而生的。无论如何,三大战区劳军至少是加剧这对富春江上神仙侣仳离的一个重要原因,以至郁达夫那样悲壮地"为国家牺牲"了一切。

(载《史料与阐释》2022年卷)

教书育人，化民成俗
——郁达夫职业生涯之一

郁达夫是一位诗人，小说、散文、游记作家，但郁本人从不以职业作家自居，当他在家写作的时候，他称自己为"失业者"，尽管在创作和出版上，他多产、畅销，而且善于包装和营销。他一生中从事的职业主要有四：教书、编刊（报）、为官、做实业。而教书育人，是他长期关注和投身的一个领域。

> 郁达夫，固然是一个举世闻名的文艺家，但其实也是一个忠诚的教育工作者。因为他在文艺方面的名声太盛了，倒把他在教育方面的服务成绩掩（淹）没了。虽则在广义的说，文艺家所做的事情，也含有教育的意味。而且它的范围比学校广泛多多，它的效力也比学校教育宏伟而深刻。不过郁达夫是从最初以至最后都并未放弃学校这一教育场地的，我们从他一生的经历中，可知虽然在文艺方面用的力比较大，而对于学校教育的机会却也是异常重视的。[1]

---

[1] 吴一心《郁达夫》，载《中华教育界》1947年第一卷第3期"战时中华教育文化界殉难者志略"栏。

郁达夫有不少作品发表在《中学生》《教育杂志》这样的报刊上，多次为各地大、中、小学生演讲，也义务担任诸如《国文读本》之类中小学读物的编委或特约撰述者，还在《星洲日报·星期刊》上创办了专栏"教育周刊"。而他留下的文字里，对中小学教育、大学教育、战时教育和地方教育都发表过意见。所以吴一心之称郁达夫为"忠诚的教育工作者"，所言不虚。

这其中，"大学教授"，又是诗人最为珍视的一个身份。自1921年赴任安庆法政专门学校英文教员这第一份大学教职以后，郁达夫先后在北京大学（1923—1925）、武昌师范大学（1925）、广州广东（中山）大学（1926）、上海法科大学（1927）、安徽省立大学（1929）、杭州之江文理学院（1933）等高校任教。纵观其大学教学生涯，从1921年到1933年，前后长达十二个年头；所开课程则门类不一，有据能考者有"欧洲革命史"（安庆法政专门学校），"统计学""公共英语""小说（英语）"（北京大学），"艺术概论"（北京美术专门学校），"文学概论""小说论""戏剧论"（武昌师范大学），"德文"（上海法政专科学校），"比较文学""文艺批评"（之江文理学院）等，可以说交融文理，会通中外；在校中有时也身兼数职，比如在广州中大，曾出任英文系主任、出版部主任等。

我们发现，教书不仅是郁达夫的谋生手段，也是其广交朋友、累积素材、展拓文字空间的重要途径。同时，作为跨界文学与大学两个圈子的现代作家，其所揭示的现代文人与现代教育的关系，由此或也可见一斑。

"有识的无产阶级的最苦的职业"

当官费留学生涯行将结束之时，生计问题就摆在了郁达夫面前。创造社成立不久，1921年7月1日，郭沫若从日本回到上海，向泰东图书局经理赵南公提出办刊计划；8月中旬，安庆法政专门学校校长光明甫委赵南公找一位英文教习，月薪200元，郭沫若推荐郁达夫前往。9月13日，郁达夫抵上海，借住马霍路德福里泰东图书局编辑所楼上一间小房。

> 上海泰东书局时代，那时的生活很有趣，住在马霍路一楼一底的泰东编辑所里，书局的门面在四马路。这个编辑所没有什么主任，只胡乱住了几个文人，那就是郁达夫、成仿吾、易君左，还有一个姓郑的文友。[1]

抵沪当天，郁达夫就与郭沫若同访赵南公。赵南公是一位豪爽又精明的生意人，对编辑部里几个年轻人，钱不给，

---

[1] 易君左《我与郁达夫》，《经纬》1946年第二卷第7期。

酒管够，而且纵容他们的各种出版计划。短短两三年内，创造社各类丛书和杂志相继被策划、编辑和出版，并且赢得了广泛的追捧。

第二天（9月14日）晚上，赵南公设宴为郁达夫洗尘。席间，赵称安庆学校英文教习一职仍虚位以待，候郁达夫前往。因为考虑到泰东书局只包膳宿不发薪资，而安庆学校却提供不菲的薪水，郁达夫欣然赴职，10月1日，他就到了安庆，在那里一直待到学期结束。第二年秋，取得东京帝大学位证书以后，郁达夫又应邀到安庆继续担任教职，这回是同身怀六甲的夫人一起去的，后来长子龙儿就出生在安庆。

郁达夫在安庆法政学校执教两个学期，讲授《欧洲革命史》，"四点钟讲义之外，又不得不加以八点钟的预备"，看得出来，压力巨大。从他后来《芜城日记》《茫茫夜》《茑萝行》《一封信》等文字的记载，我们可以看出，教书作为"有识无产阶级的最苦的职业"（《茑萝行》），并不是郁达夫最喜欢和擅长的工作。

现在我名义上总算已经得了一个职业，若要拼命干去，这几点钟学校的讲义也尽够我日夜的工作了。但我一拿到讲义稿，或看到第二天不得不去上课的时间表的时候，胸里忽而会咽上一口气来，正如酒醉的人，打转饱嗝来的样子。我的职业，觉得完全没有一点吸收我心

意的魔力，对此我怎么也感不出趣味来。讲到职业的问题，我倒觉得不如从前失业时候的自在了。（郁达夫《一封信》）

当然，郁达夫的文字有夸张和矫饰的成分，究竟是否果真如其所述，或许要打个问号，因为尽管感受到不自在、无趣味，诗人仍是从一所学校到另一所学校，将一半的职业生命都贡献在高校里。小说《茫茫夜》专门设置有一个情节，让学校教务长跑上质夫房里来，祝贺初上讲台的于质夫"铜墙铁壁地站住了"："你成功了。你今天大成功。你所教的几班，都来要求加钟点了。"这位初到A地法政专门学校任教的"于质夫"显然是以达夫本人为原型的。不能保证这样的内容完全写实，同样，也不能保证这完全是虚构。

从某种意义上讲，这份工作既能维持个人身份的体面，也能维持家庭生活的体面，这或许是这个阶段的郁达夫所迫切需要的。郁达夫在各校任职的薪资如下：

> 安庆法政专门学校，英文教员，月薪200；
> 北京大学，统计学讲师，月薪117；
> 武昌师范大学，文科教授，月薪240上下（参《吴虞日记》）；
> 广州中山大学，文科教授，月薪不低于210（参《劳

生日记》）；

上海法科大学，兼职德文教员，月薪48；

安徽省立大学，文科教授（或兼系主任，参杨亮功《百花亭两年》），月薪340；

之江文理学院，国文系兼任教员，月薪104。

除去上海法科和杭州之江两份兼职，在每月个位数银元就能维持基本生活的20世纪二三十年代，郁达夫在各个高校的任职薪水都很高，尤其安庆的两所学校。"安庆地方甚小，物质条件又差，不易吸引人才。惟有提高待遇，使其生活安适，才能聘到优良教授。"[1] 这似乎是安庆教育当局的共识和常规操作，以郁达夫任教的安庆法政和省立安大为例，提供给教授的月薪都在水准线以上。

另外，从现在保留下来的郁达夫日记看，这个时期郁达夫对薪水的分配和使用很大可能是这样的，月发薪水悉被寄回家用，而自己的"小金库"则或由稿费和版税支持。据《劳生日记》，在广州中山大学，郁达夫曾领到两个月补发的欠薪100余元，他转身就寄富阳100元，而此前不久，刚寄回一个月（部分）薪水160元，几乎是和盘托出，还担心被媳妇指责"只有这么点钱"。从这里我们可以读出的信息是

---

[1] 杨亮功《百花亭两年》，《早期三十年的教学生活　五四》第61页，黄山书社2008年版。

很丰富的，时人称郁达夫浪漫腐化、背叛家庭，郁达夫也称自己穷愁潦倒、生计无着，这些或许都要先打个问号。

比较特殊的是北大，薪水不高，还常闹拖欠。

北大教职由东京帝大校友陈启修推荐，因其将往苏联作"俄情考察"，托帝大经济科毕业的郁达夫代授其统计学课。1923年10月1日，北京大学向郁达夫发出北大讲师聘书（《北京大学日刊》第1313号）。10月9日郁达夫抵北京，10月18日，开始为经济、政治、史学三系学生上统计学课（《北京大学日刊》第1312—1315号）。

显然，作为讲师，郁达夫在北大薪资有限，所以这一年间，郁达夫同时任教于德胜门内石虎胡同平民大学、北京美术专门学校，此外，他还可能在朝阳大学任教，在燕京大学演讲，可谓相当活跃和努力，既证明了自己的实力，也可聊补北大薪水之不足。

至定居上海和杭州，作家版税收入大大增加，故各校教学都只是兼职，而暨南大学、浙江大学的教职都因故未能接受，郁达夫也渐渐脱离了大学教书这个"最苦的职业"。

"这一般知识欲很旺的青年，都成了他的亲爱的兄弟了"

对郁达夫来讲，"教书"是有限的职业，而"育人"是无限的责任。

郁达夫"热情,旷达,博学多才,不修边幅,喜欢热闹,爱交朋友"[1],其率真和热情,使他能与各色人等友善,他对朋友侠肝义肠,他也让自己形色通透,毫不掩饰个人的喜怒哀乐,加之在文坛"辈分"崇高,这样的郁达夫自能博得善良朋友的信任,尤其被青年人尊为师长,被簇拥和爱戴,"凡是和郁达夫先生有过交往或曾经会见过他的人,几乎没有一个不对他抱有好感的"[2]。当然,这也会招致一部分人的误解甚至敌视。《毁家诗纪》可能是一个极端的代表。

各地教书期间,同事和同学,是他友人榜上的主力。现有史料留下了太多郁达夫与同学郊游、与师友喝酒的文字,以及一起看电影、观展览、逛市场、逛旧书摊的记录。比如1929年在安庆,只短短一周,10月1日,"偕同学数人上东门城上走了一圈";10月5日,"晚约旧友吃饭";10月6日,因"闻有通缉之令"(洪传经《郁达夫先生授书安大闻有通缉之令匆促出奔诗以送之》)而"仓皇出走",这次"安庆之难"以"事前告知,得脱",出手相助者正是十年前北京旧友邓仲纯。[3] 这是一种让人珍视的友情。

尽管讲台上的郁达夫上统计课,教英文、德文,讲欧洲革命,很多时候与文学无关,但作为"师者"的郁达夫,面

---

[1] 谢冰莹《追念郁达夫先生》,《回忆郁达夫》第253页。
[2] 孙席珍《怀念郁达夫》,《回忆郁达夫》第67页。
[3] 《青岛杂事诗》第五首注,《避暑地日记》1934年8月3日。

对更多慕名而来的各地文艺青年,向他们传授最多的无疑是创作心得与鉴赏经验。

> 达夫最喜欢做东,而且是强迫式的;我们只得依他的落座处,围着坐了,听他讲诗。①

他从不以名作家自居,与身边的年轻人"亦师亦友"。比如在北京:

> 北平的青年人到达夫兄处来谈天的也真多。但同他往来最多的,还要算我、炜谟、冯至、柯仲平、赵其文、丁女士诸人。到末后才有姚蓬子、潘漠华、沈从文、刘开渠诸兄。他对我们一律都称之为"同学"。我们有时一大群的,谈晚了就横卧在达夫兄的床上过夜。②

在广州:

> 达夫好和学生来往,常常跟他们出去吃饭游玩……有时在深夜里,还听到他跟许多学生谈笑。他原任英文

---

① 黎锦明《纪念一位抒情文学家》,《回忆郁达夫》第101页。
② 陈翔鹤《郁达夫回忆琐记》,《文艺春秋副刊》1947年第一卷第2期。

系主任，以他的文坛上的声望和他的渊博的学识，本已深得学生的信仰，加之他又平易近人，不拘门户，所以接近他的学生就特别多。①

看得出来，郁达夫与年轻人的交往是一见如故、亲昵无间的，陈翔鹤、黎锦明们描述的场景应该是发生在郁达夫身边的常态。这样的场景在郁达夫的小说中也时有呈现，比如小说《茫茫夜》里的这段文字，简直是郁达夫的夫子自道：

> 学生对质夫的感情，也一天一天的浓厚起来。吃过晚饭之后，在学校近旁的菱湖公园里，与一群他所爱的青年学生，看看夕阳返照在残荷枝上的暮景，谈谈异国的流风遗韵，确是平生的一大快事。质夫觉得这一般知识欲很旺的青年，都成了他的亲爱的兄弟了。

最知名的一次会友，是1924年11月13日专程看望来京求学、生活无着的文学青年沈从文，予以物质资助，还介绍给《晨报副刊》编辑刘勉己、徐葛农。是晚，并完成《给一位文学青年的公开状》，刊发于《晨报附刊》，引起很大反响。

而据刘开渠的回忆，郁达夫第一次探望还扑了个空：

---

① 郑伯奇《怀念郁达夫》，见《回忆郁达夫》第36页。

有一天，我到了达夫先生住处，未等我坐下，他就告诉我，一位从湖南来的青年给他写了一封信，是来北京投亲靠友的，可亲友都不认他，处境十分困难，住在一个小旅馆里。并说："走！陪我一同去找他，我请你们一起去吃饭。"我们赶到他住的小旅馆时，他却不在。[①]

可见郁达夫提携后生的全心全意。不能不说，沈从文文学天赋的展开，与郁达夫的倾情相助和积极鼓励不无关联。

如果把以郁达夫为师的"同学"的名字列在这里，会是一个长长的名单：张友鸾、冯至、陈翔鹤、陈炜谟、刘开渠、沈从文、柯仲平、赵其文、丁月秋、孙席珍、潘漠华、刘大杰、胡云翼、温梓川、张白山、张曼华、黄药眠……这个不完全统计中，有后来的小说家、诗人、学者、翻译家、画家、雕刻家、书法家、编辑、记者、出版人、电影艺术家，也有大量的建设者和革命者，都是才华横溢、激情四射，至得益于郁达夫的言传身教、奋力提携，他们中不少人其时已崭露头角，日后更成就非凡。我想说的是，即便是一所学校，能有这样一班成就出众的校友，也足令其骄傲了。

[①] 刘开渠《忆郁达夫先生》，《回忆郁达夫》第88页。

丰富而不重复的"艺术的生活"

郁达夫是特别重视个人体验、强调生活积累的"私小说"作家,那种"生活和艺术紧抱在一块"的写作状态,使得他的文字特别能呈现个人生活的精彩瞬间和真实历史。丰富而不重复的生活经历为作家提供了源源不断的写作灵感和素材。或许正是这个原因,我们发现,不断的迁徙、流离和奔波,似乎是郁达夫一生的宿命。他好像很难在一个城市住满五年,除了故乡富阳和上海;而大学教书,也很难在一所学校持续哪怕一年。他在北大教了三个学期,但也从经济、法律辗转到了英文系。[①]直如作家所自称的"屐痕处处"。或许,正是这样闯荡、放浪和不安于一隅的"艺术的生活",给了作家"自叙传"的全部底气和力量。

所以教书育人,尤其是不断变换学校、学科和学生的教学生涯,作为作家体验的一种职业生活,作为遍历人事沧桑、捕捉创作灵感、拓展写作空间的一种独特的"手势",将为郁达夫开启一个特殊的题材领域。

安庆法政专门学校是郁达夫的首个教学"基地",催生了郁达夫多部不朽的作品,包括《芜城日记》《茫茫夜》《秋柳》《茑萝行》等。这里最初两个学期的教学和生活,可分别以《茫茫夜》和《茑萝行》为代表。两部小说都以军阀干政、

---

① 参《北京大学日刊》1924年10月6日第1536号。

时局动荡的A省省城为背景，前者表现一个初到学校即侧身校园风潮的单身教师的恍惑与迷乱，最终只能以满足病态欲望来抵御茫茫的长夜；后者则因带了妻子"同往A地"，不久又生出"悲哀的继承者"，主人公在"社会的受难"之外，更感受生活的压力，以至从一个"懦弱的受难者"，而成为家庭里的"凶恶的暴君"。作家真实而艺术地还原了同一校园里，自己不同人生阶段的生活状况和情感体验。这种以个人生活为蓝本的虚构，为"自叙传"写作提供了经典的范本。

北大的边缘状态则唤起了诗人强烈的情感反应。如果说《沉沦》时代的郁达夫是少年不识愁滋味，为写小说强说愁；那么处在北大那般门户艰险、等级森严的境地，却可谓"如今识尽愁滋味"，"欲休还说"——字里行间的情绪藏掖不住。这个时期的作品有《薄奠》《十一月初三》《零余者》《海上通讯》《一封信》《北国的微音》《读上海一百三十一号的〈文学〉而作》《给沫若》《小春天气》《给一位文学青年的公开状》《我承认是失败了》和《对话》等，其中有小说、散文，有书信、杂文，还有时评、文论，文体不同，内容各异，而其中欲休还说的孤独、伤感，和被排挤、被遗弃的那种"零余者"的凄怆和忿懑，却是随处可见的：

　　自从去年十月从上海到北京以后，只觉得生趣萧条，麻木性的忧郁症，日甚一日，近来除了和几个知心的朋友，讲几句不相干的笑话时，脸上的筋肉，有些宽弛紧张的变化外，什么感情也没有，什么思想也没有。(《读上海一百三十一号的〈文学〉而作》)

美丽的北京城，繁华的帝皇居，我对你绝无半点的依恋！你是王公贵人的行乐之乡、伟大杰士的成名之地！……——像我这样的无力的庸奴，我想只要苍天不死，今天在这里很微弱地发出来的这一点仇心，总有借得浓烟硝雾来毁灭你的一日！杀！杀！死！死！毁灭！毁灭！我受你的压榨、欺辱、蹂躏，已经够了，够了！够了！(《给沫若》)

这一阶段的作品，注定是郁达夫创作里最特殊的部分。在我看来，郁达夫笔下"零余者"这一人物标签，正是在北京被"验明正身"的，被从那些虚构的、模糊的、基于概念的艺术形象身上剥离下来，而成为作家真实的、清晰的、触手可及的体验和存在。从这些文字，我们自能联系到诗人在这座最高学府中所感受到的不平和屈辱；也只有将这些创作置于一处阅读，郁达夫那段被"银弟"带偏了的北京生活才能得到比较完整的还原。

当然，综合来看，教书生涯赐予郁达夫的灵感是丰沛而多元的。比如在声称"一个字也不写，一篇文章也不做"的武昌，尽管创作不丰，但大量由讲义结集的学术著作，《小说论》《戏剧论》《文学概说》相继出版，而他对诗，对小品文，对日记文学、传记文学，也都有自己的见地，想必是教书这一职业催生了郁达夫的文学产品，让我们看到了一位抒情文学家、一位感伤诗人理性、沉着、智慧、思辩的一面，思考深入、学理缜密的一面，学养丰厚、知识宽博的一面。而在革命策源地的广州，诗人的革命欲望被深刻启迪，其后的文字亦随之发生深刻的转型。他开始对"革命社会"作冷静的批判，对"革命文学"作热情的推介，大力倡导"无产阶级革命文学"以外，并以《她是一个弱女子》《出奔》等力作身体力行，让我们看到了这位教书匠激进、真纯并不无稚气乃至"迂腐"的一面。

一位文人的教育体验与反思

文人投身教育，是民国教育史上一大胜景。郁达夫和鲁迅、周作人、胡适、徐志摩、沈从文、朱自清、闻一多、夏丏尊、叶圣陶等作家、诗人一样，都是曾经在现代教育领域占据重要地位的文学知识分子。

当然，现代作家里长于演讲的是胡适、郭沫若、徐志摩、闻一多，不是郁达夫。对郁达夫来讲，课堂教书、当众演说，无形的压力始终存在。1932年下半年，郁达夫在萧山湘湖

师范作演讲,他的开场白是这样的:

> 今天承蒙贵校要我演说,我觉得非常高兴,其实,我是不会说话的;为了不会说话,近来连教书也不愿意了。……所以我今天来说话,感到非常的压迫。(《教育要注重发展创造欲》)

郁达夫实话实说,课堂教学不是他所擅长的。这或许与他多少有些自卑、怯懦的个人秉性不无关联。但作为一位饱读诗书、精于创作的文人,郁达夫博学、风雅、耿直、机敏,而且本质里又刻苦、严谨,有自己独特的教学风格和教育观。这使得他的课堂视野开阔、见地独到,对处于"罗马的黑暗时代"里的学生别有一番魅力和吸引力。1933年10月,已移家杭州的郁达夫在之江开课,除"文学系本系必修同学,别系选修的和旁听的同学也有二十多人,足足挤满了一个教室"[1],时国文系学生张白山也提到,郁达夫讲课"惊动了不少学生"[2]。而更可贵的是,每次上课前,郁达夫总是认真备课,还到处搜寻参考书,"有一次,竟为了涉及到文艺批评,他的藏书偏偏又缺少这一方面的材料,还特地跑去上海两次,广搜穷索,仅仅找到一本Sainte-Beuve的法

---

[1] 温梓川《郁达夫别传》,第94页,宁夏人民出版社2006年版。
[2] 张白山《我所知道的郁达夫》,《回忆郁达夫》第345页。

文本"①。

需要正视的是，郁达夫肯定不是传统意义上合乎礼教、循蹈规矩的"好先生"。那个年代的开放包容，让他有机会成为独一无二的他自己。比如在安庆，他白纸黑字质疑"学生嫖得，先生嫖不得"；比如1935年，被已为教育部长的北大同事王世杰点名"生活浪漫，不足为人师"。这一评价让郁达夫耿耿于怀，六年后在新加坡，还"放了胆"托外长郭复初为他"解释解释"（郁达夫《郭外长经星小叙记》）。比如在之江，他授课两个月就"逃之夭夭"……这些故事放在今天，当事人肯定得被"一票否决"，但郁达夫还是得到了很多的宽容、理解甚至赞赏。李初梨称郁达夫是"摹拟的颓唐派、本质的清教徒"，这一能不为郁达夫"人设"所蒙蔽的判断，得到了包括郭沫若在内大多数挚友同人的认同。

所以尽管从教经年，郁达夫在骨子里仍是一位文人，一位唯美主义的、理想主义的、自由主义的诗人，与俗世庸物格格不入。他早年热忱投身教育界，或基于对校园净地的美丽幻想；至闯进这个泥淖，才发现问题与缺憾。安庆的动荡、北大的门派、武昌的"小人"、广州的"龌龊"……都是让他反抗、让他逃离的理由。而以文人身份体验教育，或以文人视角反思教育，则显然有种旁观者清的意味。

因为长期浸淫其中，大学教育是郁达夫体会最深的一个

---

① 温梓川《郁达夫别传》第94页，宁夏人民出版社2006年版。

现代教育领域。以大学为背景的小说自不待言，对专横跋扈的"学阀"、盲目跟风的学潮，郁达夫通过《茫茫夜》《秋柳》表达了有倾向的意见。一些随笔和书信中，郁达夫也适时表示过对大学教育制度、环境和职能的批评，探寻教育之道。1933年《大学教育》一文即明确表示，"学以致用"而外，"人格的历练"也是大学教育一个重要的目标，能证明教育的胜利的，是培植出"能够抱定主义，甘心饿死，不屑同流合污、取媚于人的迂腐之辈"的人才的大学。这样的理念在今天，都还是掷地有声。而在湘湖师范所作《教育要注重发展创造欲》之演讲，认为"'创造'不是跟了人家依样画葫芦，'创造'是以自己的精神来发明一种新的事物。而且这新的事物须与大多数人有利益者"，以此鼓励湘师学生"能够以读书之力来求创造"。显然，郁达夫强调的培养有独立人格的、有创造力的人，是大学教育的基本职能，但在一个奴性深重、积习难移的时代，贯彻这样的教育理念并不是一件容易的事，郁达夫一次次"自伤伤人"的任性抗争、一次次碰壁和被驱离，不能不是执念与现实"一言不和"的产物。

郁达夫也对中小学教育情有独钟。他的《学生运动在中国》《中学生向哪里走》《小学教育与社会》等，都是对中小学教育问题的积极关注和理性思考，体现了一位现代知识分子的社会关切；对于特殊历史时期的战时教育，郁达夫通过《战时教育》《抗战中的教育》等文，提出诸如"战时教育方案""战时工作机制""战时培训班和救亡大学""战时教育之方法"等系统方案和措施,呼吁从教育之根本入手施以努力,实现"抗战救国""教育救国"之理想;而对地方教育,漂泊各地的郁达夫每有《告浙江教育当局》《福建的文化》《南洋文化的前途》《关于华校课程的改订》《介绍敬庐学校》等文字,可以说走到哪里,对当地教育与文化,郁达夫都不吝投以关注的目光——或许,这才是一位真实的忠诚教育者郁达夫、一位勇敢的反法西斯战士郁达夫。

郁达夫带着他的真情和敏感投入教学,投入生活,投入写作,为我们留下的不仅是真实可感的文字,或许还有一个时代的温度和立场。

(载 2019 年 10 月 18 日《文汇学人》)

郁达夫佚诗《游桐君山口占》考释

1934年10月22日，郁达夫完成《桐君山的再到》，此前两天的10月20日，他与一位"一年多不见的老友"同游富春、桐庐，两人还定下半月间闲游天台、雁荡的计划。《南行日记》有记：

> 十月二十二日……午后陪文伯游湖一转，且坚约于明晨侵早渡江，作天台、雁荡之游。返家刚过5时，急为上海生生美术公司预定出版之月刊草一随笔，名"桐君山的再到"，成二千字；所记的当然是前天和文伯去富阳去桐庐一带所见和所感的种种。但文伯不喜将名氏见于经传，故不书其名，而只写作我的老友来杭，陪去桐庐。在桐君山上写的那一首歪诗亦不抄入，因语意平淡，无留存的价值。

想必这首不被《桐君山的再到》抄入而失传的"歪诗"，一直都是许多读者的遗憾。

尽管郁达夫以"诗第一"蜚声文坛，而且诗词创作贯穿其文学生命之始终，他又热衷于以诗会友、借诗寄情，但自编有七卷《达夫全集》和各类文集的诗人却不曾为自己的诗词编集，主动发表的诗作也很有限。虽部分诗词被记录在日记、书信、游记和各类题诗里得以留存，也有一些通过友人回忆文字发布和流传，但可以想见，包括文中提及的这首"歪诗"在内，散佚的郁诗应该还有许多。

一个偶然的机会，我们在上海小报《金钢钻》1934年11月2日的副刊《小金钢钻》"珊瑚新网"栏，读到了署名郁达夫的一首怀古七律《游桐君山口占》：

游桐君山口占

郁达夫

三面青山一面云，秋风江上吊桐君。

鲈呈赬尾刚盈寸，霜染枫林未十分。

德祐宫中歌浩荡，谢翱襟上泪纷纭。

凭栏目送归鸿去，酒意浓时日正曛。

《金钢钻》与《晶报》《福尔摩斯》《罗宾汉》并称为近代上海四大小报，其副刊《小金钢钻》专门"请了不少文坛圣手轮流编辑与撰稿"。这期《小金钢钻》的编辑者是陈蝶衣。陈蝶衣本名陈蘄，字积勋，"既擅长填词作诗，又能撰文编剧"[1]，被目为一代才子，与沪上文学、音乐、电影、

---

① 方宽烈《多才多艺陈蝶衣》，《书城》2007年第11期。

美术界均有交谊。在陈蝶衣应允就任《小金刚钻》编辑时，小报发行人老衲[①]专门撰文《迎陈蝶衣》：

> 逸梅辞意既决，老衲为之踌躇不怡者竟日……会陈君蝶衣顾我庐，衲大喜，即以踌躇不能决者语之，陈君慨然允诺，并以三事为约：一、版式宜错综变化，不宜呆滞拘泥；二、广告有一定畛域，不宜喧宾夺主；三、应广征文坛巨子精心惬意之作，以餍读者……夫以陈君之年少劬学、治事勤奋，整理我《钻》报，绰绰有余裕焉。[②]

可见这是一位颇得发行人激赏、极用心于提升小报内在质量的编辑，"广征文坛巨子精心惬意之作"或许是他力行的编辑行为。

但这首诗会是郁达夫遗弃的那首"歪诗"吗？

几天以后，一篇介绍郁达夫桐庐之游的短文《郁达夫秋风江上吊桐君》在汉口出现了，短文将这首律诗完整嵌录，先是刊载在1934年11月8日汉口《大同日报》之"大同副刊"第802号"文坛的是是非非"栏，又全文登载于1934年11月12日汉口《每周评论》第142期的"文坛杂俎"栏。全

[①] "老衲"当为当年被周瘦鹃以"济公"相称的小报发行人施济群的自称，参梦甦生《让老衲》，《金钢钻》1935年9月1日第2版。
[②] 老衲《迎陈蝶衣》，《金钢钻》1934年6月3日第2版。

文迻录如下：

郁达夫秋风江上吊桐君

郁达夫于前月二十日晨偕夫人王映霞女士游桐庐。抵桐君山时，郁诗兴勃发，口占七律一首：

三面青山一面云，秋风江上吊桐君。

鲈呈颊尾刚盈寸，霜染枫林未十分。

德祐宫中歌浩荡，谢翱襟上泪纷纭。

凭栏目送归鸿去，酒意浓时日正曛。

王映霞（即穷不通窝主所称为"郁飞的老太太"其人）为郁在桐君庙里求得"上上"签，末二句云"旧事已成新事遂，看看一跳入蓬瀛"。

她笑谓其夫曰："只要'旧事已成新事遂'就够了，我不希望你再'跳'到日本去！"

撇开报刊常有的吸引眼球的行文模式，文中"前月20日""游桐庐"之说，正是这年10月20日的富春、桐庐之游，与《桐君山的再到》《南游日记》所记载的游历信息完全吻合，故《游桐君山口占》直是那首"歪诗"无疑。而诗作首发时间距郁达夫口占成诗不足两周，在车船都慢、全凭书信往来的当年，这个节奏也算是"第一时间"了，造假怕是不容易的。

至于这首诗的流传，以郁达夫本人11月3日补记《南行日记》时仍明确表示"不抄入",诗却已在此前一天被公开和传播,所以首先可以明确的是,该诗不是郁氏本人主动投送。

而据汉口《大同日报》和《每周评论》所刊同一底本的《郁达夫秋风江上吊桐君》,王映霞桐君庙里求签一事,似有较强的现场感,如果不是小报记者自由发挥,则事主本人(王映霞)或同游人(王文伯)主动报料的可能性更大一些。可惜两处刊载均未署名,这给确定作者、回溯流传路径增加了难度。

若以文中"穷不通窝主"之戏称王映霞为"郁飞的老太太"一节考量,叙述这一事件的口吻和风格倒像是与达夫夫妇相熟又"有趣"(胡适语)的王文伯。当时,《大同日报》和《每周评论》都是汉口官方媒体,《每周评论》并由国民党湖北执委编印,这一背景也让我们联想到长期任职国民政府财政部、铁道部的王文伯与他们的关联。那么,会是这位老友记下这首诗和故事传至上海或汉口吗?

而参照郁氏夫妇经常的合作模式,桐君山游记或是经王映霞之手寄给《生生月刊》的。这个过程中,王映霞亦或有将那首"歪诗"一并发送的可能,而被正属意于在海上"网罗"名家力作的陈蝶衣敏锐捕捉——以上都是猜测,均未发现确切线索,具体流传细节待考。

这首七律,首联起笔平实,破题立意;颔联写景沉着,亦点明时节；颈联化用典故，怀古明旨；尾联再以景寄情，表达追慕古人、见贤思齐之情志。全诗颔、颈两联对仗工整，用典妥贴蕴藉而意味深长，且与《钱唐汪水云的诗词》《桐君山的再到》《南游日记》等文字形成互文，彼此呼应。

10月23日《南游日记》提及汪水云和德祐宫之叹：

> 登车驶至江边，七点的轮渡未开。行人满载了三四船之外，还有兵士，亦载得两船，候轮船来拖渡过江，因想起汪水云诗"三日钱塘潮不至，千军万马渡江来"的两句。原诗不知是否如此，但古来战略，似乎都系由隔岸驻重兵，涉江来袭取杭州的。三国孙吴、五代钱武肃王的军事策略，都是如此。伯颜灭南宋，师次皋亭，江的两岸亦驻重兵，故德祐宫中有"三日钱塘潮不至"之叹。

汪水云，即汪元量（1241—1317后），字大有，号水云，浙江钱塘（今杭州）人，宋末诗人，以善琴供奉掖庭。"德祐之变"后，诗作多有眷怀故国之孤寂忧伤，史称"宋亡诗史"。尝慰文天祥于囚所，与相唱和，文天祥死后，汪元量去为道士，放浪江湖以终。郁达夫曾以《水云集》所附之出自《钱塘县志·文苑传》《南宋书》的史料为基础，"综合排列，抄录补缀"，在《钱唐汪水云的诗词》一文中，对汪氏生平做过比较细致的考证：

> 钱唐汪大有，字元量，善鼓琴，以琴受知绍陵（即南宋度宗，在位十年，年号咸淳。咸淳元年乙丑，为元世祖至元二年、西历1265年。咸淳十年为至元十一年、西历1274年），出入宫掖。恭帝德祐二年丙子（元至元十三年、西历1276年），元丞相伯颜入临安，南宋亡，执帝后及太后与嫔御北，水云从之。入燕，留燕数年。时故宫人王清惠、张琼英辈皆善诗，相见辄涕泣唱和。又文丞相文山被执在狱，水云至银铛所，勉丞相必以忠孝白天下。作《拘幽十操》，文山倚歌和之。元世祖闻其名，召入，命鼓琴。……南归后，往来匡庐、彭蠡间，若飘风行云，莫能测其去留之迹，自号水云子。

郁诗"德祐宫中歌浩荡"之句，应该是典出这位"长身玉立""音若洪钟"的宫中乐师了。

需要指出的是，查汪元量《水云词》《湖山类稿》，并无"三日钱塘潮不至，千军万马渡江来"两句，与之相近者，有"三日钱塘海不波""铁马渡江功赫奕"之句。如果汪诗不是另有流传，那么，这"不知是否如此"的汪元量"原诗"，其原创可能也是郁达夫。

而关于谢翱皋羽，除曾在《钱唐汪水云的诗词》一文中提及外，诗人在《桐君山的再到》里也留下了线索：

> ……那一条停船上山去的路，我想总还得略为开辟一下才好；虽不必使高跟鞋者，亦得拾级而登，不过至少至少总也该使谢皋羽的泪眼，也辨得出路径来。

谢翱（1249—1295），字皋羽，福建长溪（今霞浦一带）人，南宋末年散文家、诗人。与汪元量有往来。谢翱逝于桐庐，后被葬在富春江边严子陵钓台西台之南白云源，墓前并修"许剑亭"以纪念。其诗《西台哭所思》和文《登西台恸哭记》，均以登西台哭祭文天祥一事为由，表达对文天祥的知己之感以及强烈的爱国热忱。德祐二年（1876）文天祥起兵后，谢翱曾率兵投效；文被俘遇难，谢翱始哭于姑苏望夫差之台，继哭于会稽越台，再哭于严陵西台，悲恸难以抑制，故郁文中有"谢皋羽的泪眼"之说，诗中则有"谢翱襟上泪纷纭"一句。

面对"本乡本土的名区风景"，郁达夫曾将《钓台题壁》嵌入《钓台的春昼》，借怀古以喻今；而此时，诗人秋风江上凭吊的"桐君"，亦不只是那位悬壶济世的老药师，而更让人联想到汪、谢二氏所崇仰的以文天祥为代表的抗击侵略的民族英雄，诗人借以抒发的胸臆自然得到了升华。

另外，此诗之改成语"鲂鱼赪尾"为"鲈呈赪尾"，或亦可一提。鲂尾本白，劳甚而赪（赤），故以"鲂鱼赪尾"形容"困苦劳累、负担过重"。郁达夫此处化用为"鲈呈赪尾"，或既与钱塘江出产有关，语义上亦或自然消解了劳苦之意，而还原为与"霜染枫林"相对的一个描述自然景象的语词。

郁达夫本人谓此诗"语义平淡"，并作"歪诗"看待，这不奇怪。一向，达夫对自己的诗作都是如此"鄙夷"和"不屑"的。那些被记在游记、日记、随笔里的诗，《钓台题壁》《兰溪栖真寺题壁》《凤凰山怀汤显祖》等，几乎都被诗人自己批为"歪诗""陈屁""狗尾"，甚至"猪头似的一团墨迹"，几无一能免。其实，这样罔顾事实的"自黑"，正是诗人对自己诗作高度自信的表现。通常，人只有在不自信的时候，才需要自吹自擂、自欺欺人。

（本文与郁峻峰合作，载《史料与阐释》2022年卷）

读郁达夫手稿本《她是一个弱女子》

2021年三、四月间,郁达夫中篇小说《她是一个弱女子》(以下简称"弱女子")手稿在全国巡展,引起了学术界和社会各界的关注。据作者自述,小说十天速成,在1932年2月"上海战事紧张,百业凋零,经济压迫得无可奈何的时候",换钱度过"当时极其窘迫的日子"[1],以至作家本人也觉得是自己"作品之中的最恶劣的一篇"[2]。而当时文坛却表示了欣喜和欢迎,"一九三二年的一年,一般都称为文坛不振的季节,不意沉默已久的郁达夫先生,却在这一年中突然的重振巨笔。他的文思竟如奔泻的流泉一样,从'一·二八'的炮火声中产生了中篇《她是一个弱女子》"[3]。

从出版史的角度看,这部小说命运多舛。1932年5月,先被列为"文艺创作丛书"之一由上海湖风书局出版,9月即告再版;有左联血统的湖风书局被查封后,上海现代书局接收其纸型于当年12月重印,为躲避检查,倒填年月作"1928

---

[1] 刘大杰《读郁达夫"一个弱女子"》,《申江日报》副刊《海潮》第2期,1932年9月25日第4版。
[2] 郁达夫《〈她是一个弱女子〉后叙》,《郁达夫全集》第2卷第355页。
[3] 参《申报》1933年3月18日第4版《忏余集》广告。

年12月初版";1933年5月,因"内容有碍风化"而遭上海市公安局查扣,6月被以"暗示阶级意识,描写淫秽情节"禁售;1933年12月,经删改并易名"饶了她",由现代书局重排出版;1934年4月又被指"诋毁政府"再次遭禁……但是同时,由于郁氏后人的悉心收藏,手稿至今完好,而且是郁达夫唯一存世的完整著作手稿,其幸又何其甚焉。

构思写作过程:酝酿既久,落笔成章

小说用黑墨水钢笔书写于可对折装订的200格(10×20)"东京创作用纸"上,装订后的32开稿本厚近2公分,纸色微黄,纸质轻薄柔韧,历近九十年风雨尘埃而字迹清晰,内容完整,作者写作时的姿态动静历历在目。手稿被隔页编号,共编154号,故全文约300页,6万余字。以十天速成计,郁达夫每天写作量当在6000字上下。郁达夫日记中,曾不时记录一些重要创作的每日写作量,比较常见的状态是每天2000到5000字,6000字的日创作量相当罕见。

从整体看,这部长达六万字的手稿没有大体量的结构性调整,手稿大部分字迹清晰工整,书写不急不躁,是出于胸有成竹、思路流畅的那种写作,可见作家对笔下人物和情节有着较为宏观、通达的把握。当然,也有少量随写随改或事后删改的地方,以完善措辞、添补细节。

联系郁达夫相关日记和单行本《后叙》及《沪战中的生活》两文中介绍的写作过程,这部作品的创作,直可谓"酝酿已久,一触即发","落笔成章,一气呵成"。

> 《她是一个弱女子》的题材,我在一九二七年……就想好了,可是以后辗转流离,终于没有功夫把它写出。这一回日本帝国主义的军队来侵,我于逃难之余,倒得了十日的空闲,所以就在这十日内,猫猫虎虎地试写了一个大概。①

> ……在战期里为经济所逼,用了最大的速力写出来的一篇小说《她是一个弱女子》。这小说的题材,我是在好几年前就想好了的,不过有许多细节和近事,是在这一次的沪战中,因为阅旧时的日记,才编好穿插进去,用作点缀的东西。②

1926年,郁达夫在广州中山大学任教,年底离粤抵沪,对这座旧势力大本营、新革命策源地的城市颇不能如意,对被革命狂欢掩藏的迷雾、黑幕甚至不吐不快。除引起轩然大

---

① 郁达夫《〈她是一个弱女子〉后叙》,《郁达夫全集》第2卷第354—355页。
② 郁达夫《沪战中的生活》,《郁达夫全集》第3卷第163页。

波的《广州事情》《在方向转换的途中》外，郁达夫还想以"清明前后"为题进行创作，为这"广东的一年生活，也尽够十万字写"①。所以，当1927年1月10日，《广州事情》完成三天后，郁达夫最初拟定"她是一个弱女子"这一小说题目，所"想好"的"题材"，比如以冯世芬、陈应环为代表的革命加恋爱，他们对民众力量的依恃和鼓动；比如小说中新军阀的从倒戈走向反动，显然都有"广州生活"的灵感和作家本人对"广州革命"的认知和研判在。

广州一年，郁达夫和他的同伴们是在几乎不间断的游行、集会、运动、讨伐中度过的。3月18日，郁达夫与郭沫若、王独清一起由上海搭新华轮启程南下广州的当日，北京发生了震惊中外的"三一八惨案"；3月20日，广州市民举行反段祺瑞游行，蒋介石则策动了中山舰事件。这番动荡似乎为这一年的"广州事情"奠定了底色。查3月23日郁达夫们抵粤后近一年的《广州国民日报》，除连篇累牍的工农暴动、新军北伐而外，广东大学师生参加的集会游行计有：3月29日纪念黄花岗烈士集会、4月2日反段示威大游行、4月18日纪念北京惨案死难同胞集会、5月5日"五五"纪念会和马克思诞辰108周年纪念会、5月7日"五七"国耻日纪念会、5月30日纪念"五卅"一周年集会，加之广东大学的教员罢课和学生择师风潮，"查办"广东大学和改制中山大学，

---

① 郁达夫《村居日记》，《郁达夫全集》第5卷第71页。

以及文科学长郭沫若的誓师北伐……可以想象，充斥民众和知识分子头脑的，多是对革命的殷切期待和非理性狂热。

郁达夫对这场"革命"的态度是矛盾的。一方面，身在此中的郁达夫不能不受感染，不能不投身这些火热的政治运动。虽然尚无直接材料证明郁达夫参加了上述全部集会，但躬逢"这盛大的纪念日"的3月29日，他确是"自小北门起至黄花岗"，全程参加了黄花岗集会和游行[1]；这年10月自北京南下经汕头时，也曾与《岭东民国日报》社长李春涛和火焰社许峨、冯瘦菊等，一同往访留日同学、农民运动领袖彭湃和工人运动领袖杨石魂[2]，放在今天，就很有点"追星"的味道了；但另一方面，作为一位已过而立的、"从前也看过一点政治经济的书的人"[3]，郁达夫又对新旧军阀的"貌离神合"有清醒的警觉，他于这年年底逃离广州，并在上海写下《广州事情》《在方向转换的途中》诸作，正是这一警醒和反思的结果。而这一基本认知，贯穿在郁达夫的诸多文字之中，《弱女子》或也是其中之一。借小说中"革命符码"陈应环之笔，通过其在柏林向冯世芬写的信，郁达夫表达了对于"革命"的那种混合了憧憬和忧虑的复杂的情感。

---

[1] 参郁达夫《今年的三二九纪念日》，《郁达夫全集》第9卷第180页。
[2] 参许峨《郁达夫在汕头》，《回忆郁达夫》第167—168页。
[3] 郁达夫《沪战中的生活》，《郁达夫全集》第3卷第163页。

中国的目前最大压迫,是在各国帝国主义的侵略,封建余孽、军阀集团、洋商买办,都是帝国主义者的忠实代理人,他们和内地的土豪、劣绅一勾结,那民众自然没有翻身的日子了。可是民众已经在觉悟,大革命的开始,为期当不在远。广州已在开始进行工作……

当包括《弱女子》和《蜃楼》《春潮》《清明前后》以及"明清之际的一篇历史小说"等在内的宏大写作计划立定之后不久,具体说是仅仅四天以后,作家便遭遇了一场轰轰烈烈的恋爱,不消说这些计划基本都落了空或滞了后,何况构思日久而止于中途也是常态。"中篇《蜃楼》只发表了前12章,《春潮》无以为继,《清明前后》毫无踪影,'明清之际的一篇历史小说'也只是一个设想"①,唯《弱女子》终于在五年后伺机完成,尽管作家自己也觉得"猫猫虎虎",但还是一众计划中实现得最圆满的。此可谓"酝酿已久"。

写到了如今的小说,其间也有十几年的历史了,我觉得比这一次写这篇小说时的心境更恶劣的时候,还不

---

① 陈子善《〈她是一个弱女子〉序言》,郁达夫手稿本《她是一个弱女子》第4—5页,中华书局2017年1月版。其中《蜃楼》,据郁飞《郁达夫的星洲三年》中所述,郁达夫"始终随身带着"这部"紫色墨迹"的续稿,最后的归宿可能是留在了新加坡的烽火中。"我不知带出,他离去时也必不会带着,那么下落可想而知了。"

曾有过。[1]

这五年间，中国社会经历了军阀混战、工农罢工和"四一二""九一八""一·二八"诸内忧外患，正所谓"政潮起伏，军阀横行，中国在内乱外患不断之中"，作家心境之恶劣也可想而知。当然，这些接踵而来的变故，也为作家的构思写作提供了丰富的素材。

而触发《弱女子》写作的机缘，当是日本帝国主义军队的侵入沪上——郁达夫将这位"一刻也少不得得爱，一刻也少不得一个依托之人"的柔弱热情的女子的悲剧，结束在"九一八""一·二八"之后民族战争的硝烟中，肯定不是偶然的。

> 一九三二年一月二十九日的侵晨，虹口一带，起了不断的枪声，闸北方面，火光烟焰，遮满了天空。……有一队穿海军绀色的制服的巡逻队，带了几个相貌狰狞的日本浪人……用枪托斧头，打进了吴一粟和郑秀岳寄寓在那里的那一间屋里。

在郁达夫笔下，郑秀岳温柔美丽，却软弱犹疑，贪慕虚

---

[1] 郁达夫《〈她是一个弱女子〉后叙》，《郁达夫全集》第2卷第355页。

荣和富贵，甚至不守妇道，她既不甘像李文卿那样堕落无情，也不能像冯世芬那样自立自强，终至于被残暴的日本侵略者蹂躏至死。对这样一位可怜可悯又可恨的弱女子，郁达夫给予了许多宽容和同情。在她从读书、交友、毕业、恋爱结婚到被害身死的短短五年中，作家的宽恕之笔，一次次饶了她的人性之弱，一次次为她的爱欲辩解，为她的穷困辩解，为她的承受所有社会之苦辩解，甚至那个东窗事发的晚上，还是让吴一粟无条件饶恕了她，接纳了她。于是，她的最终命丧于日本浪人和海军巡逻队，无疑是作家被沪战唤醒的民族情结的一种投射。郁达夫用一位弱女子的泪和血，贞洁和生命，与十年前他所哀怜、怨恨的弱国，那个《沉沦》中害"他"至死的弱国，哀切而悲忿地作了遥远的呼应——郑秀岳软弱的、悲剧的一生，何尝不是作家早年"弱国情结"的一种影射和宣泄，又何尝不是对日本军国主义疯狂罪恶的倾诉和抗议？

　　同时，小说中大量同性相爱、血亲乱伦的文字也颇扰人视线。郁达夫何以让这样一部充满爱国情怀和社会反思的作品，与如此露骨的情节纠缠在一起？刘大杰在《读郁达夫的〈一个弱女子〉》中曾提及，"这些并不是不近情理的事实，我们只要看杭州陶思瑾、刘梦莹同性爱的惨祸，我们就可以想到《一个弱女子》里所描写的事实，并不是作者的夸张了"①。这或许为《弱女子》的解读打开了一个窗口。查当年报刊，知此案社会反响之巨，也颇感慨当年社会文明、开放、包容、理性之程度——陶思瑾最终改判死缓，她的孽恋、情杀像是被法律和社会舆论同时"饶恕"了。陶、刘均为杭州艺专学生，案发于1932年2月11日，这与《弱女子》的构思写作时间几乎重合。

我们可以想见，这是一部以极大的耐力酝酿已久的作品，也是一部被时局触动胸中块垒、被时事挑拨纷纭情愫，而得以最大的速力一气呵成的小说。

写人叙事风格：个人境遇，时代风云

展读整个情节和故事背景，我们可以发现这部将个人境遇与时代风云完全融合的叙事，人物的命运起伏几乎都与时代的动荡、变迁联结在一起。这在郁达夫一向专注个人情感自抒的小说创作中颇为特别。根据郁达夫《沪战中的生活》一文自述，他创作这部作品之先，翻阅了近几年自己的日记，"编好穿插进去，用作点缀"。其实又何尝只是"点缀"？这些文字不啻是将风云际会融入了人物和故事，让情节推进和人物塑造既合情合理，又合乎时代的必然。

郑秀岳将从杭州女校毕业的那年，孙传芳残部正在东南

---

① 刘大杰《读郁达夫〈一个弱女子〉》，《申江日报》副刊《海潮》第2期，1932年9月25日第4版。

各省作"致命的噬咬"和"绝命的杀人放火、掳掠奸淫",郑秀岳不得不随家人仓皇逃难到上海,租住在沪西一位银行职员的弄堂房子里,遇见了同是房客的《妇女杂志》编辑吴一粟。这个时间,差不多是作家自粤抵沪的1926、1927年尾年头:

> 沪杭一带充满了风声鹤唳的白色恐怖的空气。……阳历元旦以后,国民革命军第二十九路军,真如破竹般地直到了杭州,浙江已经成了一个遍地红旗的区域了。这时候淞沪的一隅,还在旧军阀孙传芳的残部的手中,但是一夕数惊,旧军阀早也已经感到了他们的末日的将至了。

郁达夫《村居日记》,累日记有"革命军入浙,孙传芳的残部和国民革命军第二十九军在富阳对峙"(1927年1月1日),"早起看报,晓得富阳已经开火了"(1927年1月4日)这样的信息,新旧军阀火并带来的战火,给了主人公从杭州逃难到上海的理由,也给了这部虚拟的小说一个真实的背景。

随之不久,是上海闸北、南市、吴淞一带的工农总罢工,"要求英帝国主义驻兵退出上海,打倒军阀,收回租界",而小说主人公的好友冯世芬,正是被安排在沪西大华纱厂的罢工组织者，这也为后来两位好友的电车重逢埋下了伏笔。

> 二月十九，国民革命军已沿了沪杭铁路向东推进，到了临平。以后长驱直入，马上就有将淞沪一线的残余军阀肃清的可能。上海的劳苦群众，于是团结起来了，虽则在孙传芳的大刀队下死了不少的斗士和男女学生，然而杀不尽的中国无产阶级，终于在千重万重的压迫之下，结束了起来。
>
> 三月二十一日，革命的士兵一小部分终于打到了龙华，上海的工农群众七十万人，就又来了一次惊天动地的大罢工总暴动。

小说以清晰的时间刻度真实还原了这段历史。查郁达夫《新生日记》，就记有"杭州确已入党军手，欢喜得了不得"（1927年2月18日），"党军已进至临平，杭州安谧……上海的工人，自今天起全体罢工，要求英兵退出上海，并喊打倒军阀，收回租界，打倒帝国主义等口号，市上杀气腾天，中外的兵士，荷枪实弹，戒备森严"（1927年2月19日）等信息，到了3月21日，"……得到了党军已于昨晚到龙华的消息，自正午十二点钟起，上海的七十万工人，下总同盟罢工的命令，我们在街上目睹了这第二次工人的总罢工，秩序井然，一种严肃悲壮的气氛，感染了我们两人"（1927

年3月21日)。这些记录,几乎是原原本本地被复刻在了《弱女子》的故事里,包括"觉得我们两人间的恋爱,又加强固了"这样私密的个人感受,后来也被郑秀岳、吴一粟"抄袭"了。

而新军阀"不要民众,不要革命的工农兵"的"羊皮下的狼身",也在"一九二七年四月十一日的夜半",露出来了。

> 革命军阀竟派了大军,在闸北、南市等处,包围住了总工会的纠察队营部屠杀起来。赤手空拳的上海劳工大众,以用了那样重大的牺牲去向孙传芳残部手里夺来的破旧的枪械,抵抗了一昼夜,结果当然是枪械的全部被夺,和纠察队的全队灭亡。

参郁达夫《闲情日记》,亦有对此次事变的记录:"东天未明,就听见窗外枪声四起。……急出户外,向驻在近旁的兵队问讯,知道总工会纠察队总部,在和军部内来缴械的军人开火。路上行人,受伤者数人,死者一二人。"(1927年4月12日)

这被杀害的纠察队员中,就有冯世芬的爱人、那位将她引领上革命道路的"革命符码"陈应环,而冯世芬,也从沪西的大华纱厂,转到了沪东新开起来的一家厂家。与此同时,则是郑秀岳对吴一粟"恋爱的成熟":

读郁达夫手稿本《她是一个弱女子》

正当这个中国政治回复了昔日的旧观,军阀党棍、贪官污吏、土豪劣绅联结了外国帝国主义者和买办地主来压迫中国民众的大把戏新开幕的时候,郑秀岳对吴一粟的恋爱也成熟了。

这段爱情的生不逢时,似乎注定了它悲剧的结局。组合不久就饱受失业、病痛、贫困折磨的小家庭,在日本侵占东三省以后,更是被"杀人的经济压迫","弄得山穷水尽"。

九月十八,日本帝国主义的军队和中国军阀相勾结,打进了东三省。中国市场于既受了世界经济恐慌的余波之后,又直面着了这一个政治危机,大江南北的金融界、商业界,就完全停止了运行。

小说中,为免于穷困,郑秀岳挺而走险,向李文卿、张康、李得中投怀送抱,甚至放弃了最后的自尊;也是为免于穷困,吴一粟和郑秀岳随冯世芬搬家到沪东一处工人聚居区,给最后郑秀岳的惨死,埋下了伏笔。这个柔弱女子最终成了战争中没能被佑护、体恤、谅解和饶恕的最无辜的牺牲品。她的毁灭,是人性之弱的悲剧,也是一个丧失了天良和厚道的时代和社会给予柔弱个体以恶毒打击、逼迫和摧残的悲剧,更是侵略和战争之反人性、反人类罪恶制造的悲剧。

在内有军阀混战、外亦民族危亡的社会背景下，弱势力的底层民众将何以安身，文明社会又将何以前行？这是郁达夫作为文学知识分子苦苦思索的一个命题。"饶了她！饶了她！她是一个弱女子！"这或许正是郁达夫通过这部小说亮出的呼吁。"战争诚天地间最大的罪恶，今后当一意宣传和平，救我民族"，1927年1月8日——《弱女子》定题两天之前，郁达夫在日记里这样自勉。

删改增补功能：完善细节，修饰文字

与已经折叠起增删、修改全过程和抹去了字迹、笔误诸细节的整洁规范的印刷文本不同，手稿真实保留了作家构思、写作时思想的历史和情感的温度，让我们想象作家落笔之时的取舍与思考，更"有助于读者和研究者捕捉作者的'创作心理机制'，更全面、深入地理解和阐释文本"[1]。

尤其卷首题词。手稿中，在"谨以此书，献给我最亲爱、最尊敬的映霞"以外，还有被删去的一个句子："五年间的热爱，使我永远也不能忘记你那颗纯洁的心。"这个删除，是因为联想生活中爱的热度降低，还是忌惮故事里心的纯洁阙如？的确是"耐人寻味"。

总的来看，文稿修改大致有完善细节、还原背景、刻画

---

[1] 陈子善《〈她是一个弱女子〉序言》，郁达夫手稿本《她是一个弱女子》第13页。

人物、修饰文字这样几种功能。

一是完善细节。跟许多现代作家一样，郁达夫小说并不以故事情节的开合、起伏致胜，而素以细节见长，对人物情感、心理和事件脉络、纹理等，往往有准确的刻画和细腻的描绘。所以，细节补充是写作时比较常见的修改方式。

比如补充物品细节。小说第六章，郑秀岳拆看李文卿为谢冯世芬放弃参赛让自己夺得锦标而写的信后，冯世芬向郑秀岳展示了一抽屉自己收到的"秘密信件"。原稿作：

> 惊定之后，她伸手向桌上乱堆在那里的红绿小信件拨了几拨，才发现了这些信件，都还原封不动地封固在那里。

都是些什么信件？定稿做了补充：

> 惊定之后，她伸手向桌上乱堆在那里的红绿小信件拨了几拨，才发现了这些信件，都还是原封不动地封固在那里，发信者有些是教员，有些是同学，还有些是她所不知道的人，不过其中的一大部分，却是曾经也写信给她自己过的。

改稿于补充了写信人的身份以外，也不动声色地交代了这其中的大部分人，是以向女子写信求爱为乐的，因此以收信人对这些信件的既不拆看也不烧毁，自然引出了冯世芬向郑秀岳展示的"重要的信"。

比如补充时间细节。小说第一章，郑秀岳和冯世芬的第一次同行，是在"开学后第二个礼拜六的下午"，比最初只是笼统地讲"有一个礼拜六的下午"，时间的叙事意味要充分得多；小说第八章，冯世芬欲去上海接刚始回国的舅舅陈应环，是"有一天五月将尽的闷热的礼拜二的午后"。手稿中，"礼拜二"这个明确的时间刻度也是后来加上的，为后来小说的情节开展提供了时间依据。

比如补充线索细节。第十六章，郑秀岳父女三人逃难到上海，"后来就在沪西的一家人家的统厢房里，作了久住之计"，改为"后来就在沪西租定了一家姓戴的上流人家的楼下统厢房，作了久住之计"，几处改动中，"租定""上流人家""楼下"，将一家人在上海的暂时久居（得以与吴一粟相遇、相恋、结婚）、初时的上流经济状况（后因经济拮据搬去沪东贫民区）和与吴一粟的空间关系（那个从楼下仰视楼上的角度）都作了交代，这些信息的充实莫不与后来的事件进展相关，很能还原作家构思写作时的那种一丝不苟，和不动声色的前后呼应。

二是还原背景。从手稿看，小说中几段与时局背景相关的文字，删改、增补的地方特别多。似乎是为尊重史实起见，作者通过尽可能完整详实的文字还原一段历史，表示一番见地，显示一种立场，也可见作家对这些文字所承载的功能的重视。

我们不妨以孙传芳残部与政府军对峙火并这一史实为例，看一下作家对这段历史叙事的增补。

《弱女子》原稿：

> 孙传芳占据东南不上数月，广州革命政府的北伐军队，受了第三国际的领导和工农大众的扶持，着着进逼。革命军到处，百姓箪食壶浆，欢迎惟恐不及。于是军阀的残部，就不得不显出他们的最后毒牙，来向无辜的百姓农工，试一次最后的噬咬。

修改稿：

> 孙传芳占据东南五省不上几月，广州革命政府的北伐军队，受了第三国际的领导和工农大众的扶持，着着进逼，已攻下了武汉，攻下了福建，迫近江浙的境界来了。革命军到处，百姓箪食壶浆，欢迎惟恐不及。于是旧军阀的残部，在放弃地盘之先，就不得不露出他们的最后毒牙，来向无辜的农工百姓，试一次致命的噬咬，来一次绝命的杀人放火，掳掠奸淫。

相较而言，小说中这段背景材料的补充，主要包括革命军的进攻线路和孙传芳残部的丑恶行径，视野更宏阔，叙写更精细，立场也更明确。

三是刻画人物。这部小说人物不多，有名有姓的只有14位，"李文卿父亲""冯夫人"姑且也算在内。这些人物的体貌特征、身世籍贯、来龙去脉，作品中都尽可能有所交代，以制造一种"虚构"而"拟真"的效果。从这一点看，《弱女子》的人物叙事还是颇为传统的。

通过手稿我们可以看到，郑秀岳、冯世芬、李文卿、吴一粟、张康、李得中等几位主要人物出场时，作家叙述他们性格、经历的文字改动不多，文面相对比较干净。显然，五年时间的酝酿，让女主人公和女主身边牵扯其命运走向的人物，在作家心目中早经成型；而次要人物却是边写边改的情况居多。比如郑秀岳父亲郑去非，手稿中删改、添补的信息就包括年龄（从"今年总有六十几岁"改为"年纪将近五十"）、独身不娶的时间（从"二十余年"改为"将近十年"），以及其他如卸任福建知县、被荐扬州知府之类，即便与故事核心情节无甚相关，作者也是多有斟酌，文字涂改不迭，只为人物身份的合乎常情、合乎真理。房东戴次山、叔父吴卓人、李文卿父亲等也有类似情形。女中教员张康、李文卿女友史丽娟，似乎姓名都有改动，张康改自"黄康"，史丽娟，最初被写作"史文娟"，姓名符号的或然性都很不小，也可见作家写作时被各种灵感不断冲击、左右斡旋的状态。郑秀岳的11次被写作"郑秀侠"或也是一个值得推敲的现象,其中仅三处被改正。两个字既不同音,也不同形,要说笔误,还真有点难。

四是修饰文字。作为一位新文学作家,与鲁迅文字的简洁凝重不同,郁达夫是柔软细腻、句式丰繁的,《弱女子》中就有不少欧化长句,类似"可是急切间总想不出一句适当的话来安慰着这一位已经受苦受得不少了的寡母""她和张先生的若即若离的关系,正将割断,而她的学校生活也将完毕的这一年的冬天""醉生梦死,服务在上海的一家大金融资本家的银行里的郑秀岳她们的房东",这样成分复杂的句子俯拾即是。从《弱女子》手稿看,文字的修饰主要有两种类型。

一是增进文字的准确性。第十四章,于冯世芬与其舅舅一同出走的消息传开以后,郑秀岳接到了好几封信,原稿作:

> 在这许多封信的中间,有两封批评观点完全不同的信,最惹起了她的注意。

定稿增加了不少界定成分,信息更丰富,语义更精准。改作:

在这许多封信的中间,有两封出乎她的意想之外,批评眼光完全和她平时所想她们的不同的信,最惹起了她的注意。

二是提升文字的表现力。第十二章,郑秀岳读到冯世芬的离别信后,"悲悲(呜呜)切切的哭了一阵,又拿信近她的泪眼边去看看,她的热(眼)泪,更加涌如骤雨(潮势)。又痛哭了半天,她才决然地立了起来,把头发拴了一拴,带(含)着不能成声(嗡然的泪)的泪音,哄哄(嗡嗡)地对坐在她床前的娘说……"。括号里是被改掉的原文,两相比较,应该可以感受到改版文字的相对更生动和有表现力。

对于作家而言,印刷本光鲜亮丽,整肃端庄,像精心修饰的美妆女子,掩藏起所有细纹、瑕疵、瘢痕、个人印记,以标准、完美之面目示人;而手稿则有点素面朝天、了无遮拦的意思,让我们得以窥探各种原初的真实。我想郁达夫,是不介意后一种的。

(载 2021 年 4 月 6 日《文汇学人》)

郁达夫两篇"未完稿"考释

郁达夫有多篇未完稿，其中多数是因为作家本人中途放弃，未再续作，而成为永远的残本，包括小说《圆明园的一夜》《人妖》《没落》《春潮》，散文《苏州烟雨记》，译作《瞬息京华》等等；但也有一部分则或是当年未能妥善收藏，而今难觅踪影，比如可能已续写完成却不幸失于战火的《蜃楼》："这包稿件，我平日明明看到是紫色墨迹的早年作品《蜃楼》（可能是《创造月刊》一卷四期上发表过的未完稿的续稿），大约移家杭州以来始终随身带着。……我不知带出，他离去时也必不会带着，那么下落可想而知了。"[1] 或是散见于各类报章连载，迄今未发现完整版本。所幸，得益于越来越强大的民国文献数据库，一些曾经被认为是"未完稿"的佚作，今天已现出了全貌。这里掇录两篇，以求教于方家。

一、致何勇仁（识夫）函

2017年第2期的《郭沫若学刊》上，刊有金传胜《郁达夫三题》（以下简称"金文"），首次据《汗血周刊》

---

[1] 郁飞《郁达夫的星洲三年》，《新文学史料》1979年第5期。

1937年第15卷第7期何勇仁《郁达夫的实干——一封论国防文学的信》一文（以下简称"何文"），考证出从1936年10月27日《华报》收录至《郁达夫全集》的郁达夫一封关于国防文学的信，收信人是广东四会人何勇仁，写信时间在1936年8月下旬到9月上旬之间，并据何文所引录的文字，将原函补为三节。但的确，"何文引述的书信亦非完璧"，所以，金文所证并非该函全文，那么，是否能发现更完整的版本呢？

查《国防文艺》汇刊1936年第1集，刊有郁达夫《感时》《为国防文艺致何勇仁书》和《国防阵线下的文学》三篇文字，分别是旧诗、书信和文论，其中，《为国防文艺致何勇仁书》就是"论国防文艺"函的全文（以下称"郁函"）：

识夫先生：

  自南昌发的一信，还有去庐山后发的一信，都经拜读。自到福州以后，因在行政界服务，关于文学的书，不大有机会读；并且因陈主席实地苦干，我辈下属，也不好偷闲，再来看其他的书。国难如此，觉得空弄笔墨，也有些迂疏之嫌；我虽则手无缚鸡之力，但雄心未死，若有机会，也还想赶上前线去参加实地工作，因此便更感到从前的弄文的空虚了。所以自搬上杭州去住后，就决不再做那些无补实际的文章了。至于思想问题的讨论，关于文学的批评与建议，也未始不想多做多想多读，可是自己觉得头脑未能致密，历事也未长久，徒有此心，未能实践，现在只能说是在学习的时期。

承询关于国防文学的意见，我以为范围不宜太狭；凡足以发挥我国民族精神、指示将来的出路，以及暴露敌我现实状况之题材，无一不可以写，也无一不属于国防文学的领域。对此，鲁迅先生似曾有过（很）长篇的讨论文字，可惜我还没有读过，所以不敢胡说；但从此间各小刊物上的反响看来，似乎上海对这问题，正在热烈作论辩战。一派以国防文学为主张，包含得广阔一点；一派以民族革命战争的大众文学为前提，目标似着重在无产大众的集合。两说当然各有道理，旨趣也并不相背，所不同者不过在倡议者之主观，一时歧异耳。假令国家完全亡了的时候，我们还是先来杀敌呢，还是先来辩清议论？一想及此，我以为什么雄辩，都只能暂时搁起，首先总要从实际的地方做起，向最要的处所下力；既称文学，不可动武，同属一家，何忍操戈？时间是最严正的批评者，成果是最确实见证人。不背良心，尽我最善，做到一步，就算替民族大众尽了一步力，不必先争甲乙，然后再去照方配药，来救病人；因为危急存亡，只在一呼一吸之间，那里还有这些余裕去谈脉理，论派（别）呢？这是我对于国防文学的一点见解，不知先生以为何如？

至如来信中之所说，必待我的文字寄到，然后始行将刊物发刊云云，虽系催稿者的一种巧妙法门，但天热事烦，我一时实在没有执笔的时间和心绪。果如来信所云，则你们的刊物，恐将一辈子也不能出世，坐视伯仁之死，我也诚有何心哉？这一封信，就算完了我的文债好吗？

　　秋后拟去上海一行，或者能与汗血书店主人相见，亦未可知。《田赋研究》，尚未寄到。我的关于福建的书，也尚未脱稿。当等至九月下旬，去上海时和刘先生面谈一切。

　　秋老虎可畏，此间在九十五度与百度之间，不知南昌如何？为国自爱，为民族努力，是我的两句口号，让我们各以此自勉罢！

弟达夫 上 八月二十九日

函中个别字词参照何文所引做了标记，错别字则已径改。

全函文字分五节，落款明确，显示写信时间是1936年8月29日。1937年发表在《汗血周刊》的何文，照录了郁函之第一、二两节，第四节被何文引用在说明郁达夫"从空想而走到实干"的阐述文字里，金文把这段文字从何文中拈出，并在标注省略号后将此还原为一节。

我们现在能看到的是1936年《国防文艺》汇刊（第1集），

共收作品40篇，有诗、小说、杂文、人物报道和文艺论文，封面标明"何勇仁主编"。《国防文艺》创刊于江西，因原刊多遗佚，具体创刊时间和刊次均不能详。但从《汗血周报》主编刘百川8月24日为《国防文艺》撰写前言《国防文艺的使命》，郁达夫也赶在8月29日复"识夫先生"函，加之其中何勇仁《唯生主义的艺术观》四章乃分四次刊出而汇集于这一期"汇刊"，或可推知该刊为月刊，创刊于1936年9月，当年出刊4期；停刊时间则不详。郁达夫寄给何勇仁的信和诗都发表在该刊创刊号。

但《华报》的来源现在还是一个谜。1936年10月27日即刊出部分郁函的《华报》，所录内容仅郁函第一节和第二节之后半部分，文字量不足一半，更无抬头和落款，故绝非直接选自《国防文艺》之郁函原文；而以其发表时间早于1937年之何文，也能断定其与《汗血周刊》之何文无关。那么显然，《华报》所刊载应该另有出处。这个出处又在哪里？

经查探，发现1936年10月15日《南京日报》第4版刊有报道《跟着"陈主席"苦干的郁达夫》（未署名，以下简称"京文"），该文称"最近在上海一个刊物里，看见郁达夫写给他朋友的一封信，我觉得颇有介绍一下的价值，而郁先生的坦率，也可从而知之"，随后即摘录来自"上海一个刊物"（即《国防文艺》创刊号）的郁函第一节；又称"后面还有一段，是他对于国防文学与民族革命战争的大众文学两个口号之争的意见",随之摘引郁函第二节"从实际的地方做起"之后半部分,《华报》所刊与此完全相同。加之京文既未透露收信人,也没呈示书信时间——可见,10月27日福州《华报》所刊之部分郁函,正是转引自这篇京文;而当年《郁达夫全集》的从《华报》采集,也就让这通郁函成了无头无尾之残章。

在这通信函中,郁达夫"两说当然各有道理,旨趣也并不相背"的"第三种人"态度,显然与后来新文学史对两个口号一边倒的论断不能统一。但是无论如何,今天的这一原函重现,或更能让我们了解诗人"为国自爱,为民族努力"的宽容博大的品格。

关于何勇仁,金文已做了相当完整的介绍,有两点可略作补充。

一是何勇仁并非一介"小人物"。何勇仁(1901—1987),广东肇庆四会人,字智夫,又识夫,曾在广西、海南、江西等地任职,对社会民生、国际风云多所关注,兼长文学、考古及美术,曾在西南领导话剧运动,公演《茶花女》《苏州夜话》等名剧,收藏书画甚富,并曾任国立中山大学中国文学教授。其于《广西青年》《南方杂志》《民族文艺月刊》《逸经》《汗血周刊》《汗血月刊》等报刊发表之文字,不仅数量众多,而且涉猎甚广。除主编"民族文艺丛书"和撰著《田赋问题研究》外,其《理性主义与近代战争价值》

《从历史上谈谈中国绘画改革》《论舞台装置》《论自由创作动向》《日俄风云中的中日外交政策》《从蒋胡汪合作论到领袖应有的态度》《广西民团保甲之研究》诸作，仅从标题就颇能让人想见其跨界之广。

二是他与郁达夫有较密切的交往。从现有资料来看，有称郁氏旅居福州期间，何勇仁常与之通信，两人曾计划合著《唯生主义的国防文艺论》，并称郁氏将有近作在汗血书店出版云云。① 尽管出版近作、合作论著诸事在郁氏其他日记、书信中均未曾言及，但此通郁函却明确表示这部将在汗血书店出版的"近作"是"关于福建的书"。联系郁氏抵福州后对福建政治、经济、文化、教育、景物、地方风俗等各个方面表现出的强烈兴趣和持续关注，结集这样一部书或并不是难事；而关于唯生主义，何氏则曾于《国防文艺》署名发表《唯生主义的文艺观》（分四期刊登）和《唯生主义美学》两文，或许正是两人合著计划之一部分，可见郁达夫与何勇仁，关系绝不生疏。

顺便提一下，同期刊出的七律《感时》，即1935年2月4日所作之《乙亥元日读龙川文集暮登吴山》，录自散文《寂寞的春朝》（文中题为"乙亥元日读龙川文集有感时事"），并曾题书一帧录于《论语》第73期。该诗在《国防文艺》刊出时，篇末有识夫按曰："本刊之迟迟发刊，是因等待着

---

① 参见《民族文艺月刊》1937年1月15日第一卷第1期"文艺情报"。

特约达夫写的《国防文艺论》,但前几天达夫虽然来信了,可是稿还没有寄到,只有这一首诗。这首诗是达夫得意之作,一个新文艺作家,能够向旧体诗用工夫,而有新情绪意味表现的,可不容易找了。"也侧面可见何勇仁对郁氏诗词评价之高。

而那篇没有及时寄到的"国防文艺论"——《国防阵线下的文学》,则是郁达夫对1936年9月25日在福州格致中学所作演讲的改作,原演讲稿刊于1936年10月2—3日福州《建民周刊》第12期,题为"国防统一阵线下的文学——在福州格致中学的演讲"。这里,一个可以大胆设想的问题是,郁达夫此次演讲,是先有演讲再有改作,还是先有约稿再有演讲?如果是后者,即何氏约稿催生了这场演讲,或也是一段文坛佳话。《国防文艺》刊出的《国防阵线下的文学》,系由郁达夫亲自改定,落款"一九三六年,双十,改作"。经比对,这个版本删除了演讲稿前两节和一些演讲场合的客套话,直接从"国防,在从前的中国,并不是没有"开门见山,文中字句也多有删改。若以郁氏文集论,则这一作家本人改定的文字,或许是更可靠的。

二、译作单行本《勇毅果敢之邱吉尔先生》

郁达夫在新加坡期间有过一些译作,除未完成的《瞬息京华》外，被编入集的有《中国的出海新路》《马尔泰岛》《幽默的谈话》和《温斯敦·邱吉尔——一位苦干实行的人物》（以下简称"邱吉尔"）。其中，《邱吉尔》一文是仅1400余字的残篇，全集并明确标明"1941年5月节译恩斯脱·詹姆斯原文。译文未译完"。陈其强《郁达夫年谱》称《邱吉尔》发表于1941年5月14—17日新加坡《星洲日报·晨星》，亦注明"本文未译完"。现在看来，这应该是不确的。

虽然无法从《星洲日报》看到《邱吉尔》一文的完整译稿，但有幸的是，我们在近代华文报刊数据库发现了这篇人物传记的一个单行本：《勇毅果敢之邱吉尔先生》。这是一个非正式出版物，即"未取得出版许可、执照"而自行印制、发行或赠阅的出版物①，连封面共16页，印行时间、地点等版权信息均不详，或可能在封底，而那一页未被扫描。但它让我们看到了郁达夫此一译作的全貌：全文6000字，完整讲述了邱吉尔充满传奇色彩的求学、从军、执政生涯。第七节之后，严格来讲是第六节"那部《马尔鲍禄公传记》……"之后，均为此前未曾为公众所知的郁氏译文。

单行本封面以邱吉尔侧身立像为主体，他站在一排仰视他的兵士前面，看上去高大无比，手杖和烟卷两样道具尤其醒目。封面标题"勇敢果毅之邱吉尔先生"，与内文标题不

---

① 参王贺《流动的文本 可疑的"佚书"——林语堂〈过年〉及其文献学问题》，《鲁迅研究月刊》2019年第2期。

一致，内文标题仍作"温斯敦·邱吉尔——一位苦干实行的人物"，标题下落款作"恩斯脱·詹姆斯著，郁达夫译"。

恩斯脱·詹姆斯原作终止于"大战终于把邱吉尔重招回了政府"的1940年5月，并且预言邱吉尔将领导英国赢得最后胜利。一年以后，"做了今日英国的首相"的邱吉尔，与罗斯福、斯大林、蒋介石一起，成为二战时期最具影响力的人物。与此同时，1941年5月，郁达夫完成了这篇译作。——如果翻译是另一时空的创作，那么，郁达夫的中文版《邱吉尔》见证了预言迈向现实的第一步，呼应了人们对战争年代英雄与伟人的想象和期待，对战场内外鼓舞士气、提振信心亦有极大裨益。这样一个薄薄的小册子，或正有利于使越来越传奇的"邱吉尔神话"得到更广泛的传播。

星洲三年，郁达夫"前后一共负责主编过11种报纸副刊和杂志"[①]，除《星洲日报》的《晨星》《繁星》两个副刊外，还有《星洲日报星期刊·文艺》《星洲日报半月刊·星洲文艺》《星洲日报星期刊·教育》《星滨日报星期刊·文艺》《星光画报·文艺》《繁华日报》《大华周报》《华侨周报》和《星洲十年》等报刊的编务，期间，还写下了数十万字的时评、政论、写人记事的散文以及各类"沟通文化的信件"，加之竭力培植马来西亚华人文学青年、积极联络内地文坛、

---

① 郁风《盖棺论定的晚期》，《郁达夫海外文集》第695页，生活·读书·新知三联书店1990年12月版。

周旋各种形式的反战募捐等等,可以说异常繁忙。在这样的背景下,郁达夫优游自在的文学天性自然被暂时压抑,他成了真正"实干"的文艺家。译介《邱吉尔》,或许正是他务实的"文学抗战"中的一项实践。

囿于信息线索,这一非正式出版物仍留给我们不少疑问,比如它印制于何时,发行于何地,是否仅在新加坡流传,是否经由郁达夫本人授权,封面标题是否郁达夫本人拟定等等,但这些尚未能解密的盲区,对一个曾经的"未完稿"来讲已经不重要了,因为无论如何,又一篇郁氏佚文得见真容,这就足以令人欣慰。何况战争留给这个小册子的印制和发行的时间并不长,因为这年年底,太平洋战争就爆发了。

现将全文照录于下:

温斯敦·邱吉尔——一位苦干实行的人物

恩斯脱·詹姆斯 著
郁达夫 译

在今日的英国,若要想把国家领导到最后胜利的路上去,除了由枢密顾问官(温斯敦·斯宾塞·邱吉尔)来任首相以外,其他实在也没有一个比他更为适当的人物。年青的时候,他是一个勇敢的骑兵队里的军官;三十岁到四十岁的中间,他曾做过陆军部长、航空部长、海军部长、军需部长;而到了六十五岁,正当英国在从事于这一次有史以来最大的战争中间，他，邱吉尔先生，却做了大英帝国的首相。当二十几年前第一次世界大战的时候，邱吉尔先生是那时候的英国首相劳合·乔其氏的一个大大的帮手；在这第二次世界大战里，他自然是义不容辞，要为联军方面的胜利而尽他应尽的义务。

此次战争初起之日，他的重回海军部长的要职，原是因为他的高尚的人格和他的对海军事务熟悉的缘故，同时也可以说是英国全国的同胞对他抱有绝大信仰之所致。第二次欧战，终于爆发了，英国人才相信邱吉尔果然有先见之明。因为当希脱勒和纳粹党徒在德国夺取政权的当初，在英国政治家中，邱吉尔便是最早就觉得这是一宗危险事情的人。英国人并且也并没有忘记，在第一次世界大战爆发的一九一四年中，使英国海军得在不声不响之间很快的就负起适应战时动作的职务的，完全是邱吉尔一人日夜匪懈的工作的功劳。

邱吉尔先生，实在是一位难得的领导人物——劳合·乔其也是一样——他的才智，是最善于应付急变的。有些地方，邱吉尔和劳合·乔其的性格却完全的不同；他没有那一种英国北方人的热情，讲演时并没有那一种光彩夺目的雄辩；可是他有的是那种高尚、伟大的语气。两个人有一点相同之处，就是他们都不让旁人，或者习俗，或者一般人对他们的敬意，来妨碍他们的工作。虽则声望很大，但是他并没有那种沽名钓誉的行为；邱吉尔真是一位苦干实行的人物，他的声名，是只会在国家民族危急存亡之秋，日高一日的。他在目下的英国，是一位最强而有力的人物；他的智慧、勇敢和明晰的头脑，便是他最伟大的特点。

邱吉尔的父亲是英国人，母亲是美国人，他在血统里，就摄取了这两种族，也就是新大陆和旧英国的优秀的特点，虽则生在贵族之家，但他却是一个彻底的民主主义者。是马尔鲍禄第七代公爵的孙子，可是他从小就显示了激烈的前进性格，在频繁的政治斗争中锻炼的结果，他变成了保守党的劲敌。

邱吉尔在军队里所过的一段生活，对他后来的影响，可真不少。他在他著的《我的少年生活》那部书里，曾说起过他于看到那些比他年长许多的大人物触犯错误时的未甘缄默。而我们对于他的以一青年军事记者的冷静头脑，所下的那些大胆透辟的批评，实在也不能不加以佩服。他在拼命地想充实他的经验，有时候虽则也不免有些过火的地方，但是他的大胆敢为，却正和他的祖先，那一位军事天才家第一代马尔鲍禄公很像很像。

邱吉尔所进的学校，是伦敦的赫罗贵族学校，和散特哈斯脱军官学校。关于他的学校生活，他曾经这样的发过牢骚："回顾这一段学校生活，不但是在我一生中最不适意的时期,并且也是最为无益、最不快活的时期。"当他的学生时代,除了剑术一门,曾得到公立学校的选手资格以外,此外并无一点杰出的成绩。据他自己说,他在学校里是这样的一个蠢材。譬如其他的同学已经进步到学拉丁文、希腊文及另外的各种高等学科的时候,他还只会学习英文。但是他可真学得了一手好英文,他的崇高壮丽的英文,使他变成了现代的一位最有力量的作家。假使邱吉尔先生不做政治家的话,那当做一个史学家或传记作家,他也可以获得全世界的称誉,因为他的作品,是置之于现代所有各最好的著作中,也毫无愧色的。他最初的两部关于军事的著作,正是当时这类作品中的经典,而他最近的作品,那部《马尔鲍禄公传记》,文体绝似"英国司马迁"麦考莱的得意之作,而那部《第一次世界大战史》哩,则无论在富于趣味,以及观察深刻的各方面,都可与旁的作家、政治家、军人以及专门史学家等的著作相颉颃。

当他父亲兰道尔夫·邱吉尔决定不使他儿子去学法律的时候,依少年邱吉尔自己的志愿,他便决定去学军事。因为数学不能及格,他在入学试验时曾蹉跌了两次。第三次可考上了,他就入了英国皇家军官学校。

一千八百九十四年,贵族绅士的军官练习生邱吉尔先生就从学校到了社会。那时候他还只有二十岁,以后的十年之内，他以一军人的资格曾在三大陆之中，继续了他的活跃的勤务。一八九五年正月，他初次进了军队中去服务，他虽怀有热烈报国之心，但是却终于没有机会。不过那时候在英国虽则天下太平，而在西班牙则不然，于是少尉邱吉尔氏就觉得暗中大可活动，因而便与一同僚在古巴登了陆；是在这里，他以旁观者的资格与西班牙一纵队参加了游击战争，总算是他第一次受到了炮火的洗礼。几个月之后，一八九六年，他又航行到了印度。是在印度苦读之后，他的不曾受到完满教育的缺憾补足了；并且也奠定了他今后对于这些问题都可以处置裕如的基础。不过总之他还是一个军人，虽则他想去看看希土战争的愿望不能达到，但终于向他服役的队伍请得了暂离的允准，而加入了数次远征印度的兵役。

当印度边境的战事结束以后，不久就开始的埃及苏丹之战，邱吉尔也请愿想去参加，但是当局很不容易准许。因为总司令的克吉那元帅，对于这一位年青的军官，场场战争老都去参加，而后来又喜欢把战事的情形写出来这一点，有些不大赞同。就是当时英国的首相，替邱吉尔打了一个电报给克吉那元帅，请他准许邱吉尔少尉去参加入骑枪队之内，克吉那元帅也仍是不肯答应。可是英国首相尚且不能为力的这要求参加骑枪队的事情，却由温斯敦·邱吉尔自身去运动成功了。不过在那个准他入队的电报之后，突然说起了万一他有死伤，英国的战时基金决不负抚恤救养之责的话，以示对他的警告而已。

终于邱吉尔少尉参加了远征埃及的军队，而与其他的骑枪队士兵一同参加了那一场猛烈的恩图曼的肉搏战争。这一场恩图曼的战争，恐怕是世界上最后一场的如图画书上所画那样的肉搏战争了，因为在恩图曼的沙漠之上，两军短兵相接，距离是很近的；骑兵差不多马接着马，步兵也站在那里相对。被派作了前哨的斥候，邱吉尔少尉于日出之际就看见了有五英里众的回教部队在那里作战斗的整列。克吉那元帅直接给他的命令，是"守视住来攻部队的动静，在可能范围之内，守视到底"，邱吉尔少尉就和几个骑枪队的弟兄坚守住在敌人来福枪射程以内的高处岗位，有半个钟头之久，静看着回教部队在下面一队一队的过去。英国炮舰停泊在他的背后一英里半之处的弯曲的尼尔河中。于是炮队开火了，炮弹对攻向前来的队伍开始了爆炸。邱吉尔曾将当时的情形描写着说："我们在马上不动，和他们接近得很，几乎也冒着我们自己的炮弹的危险。我看见炮弹向这一座人体的长城散播了死亡。他们的军旗一打一打的倒了，倒下的人也成千成百。整列大队之内显出了很大的缺口，有些地方也挤成了畸形的堆叠。我们只看见他们在榴霰弹之下横冲直闯,但是没有一个向后转的。他们只在一队队的前进。"

在这一次的战斗里,旗兵队似乎占了上风。左翼的骑士使敌人的大队完全停止了进攻。四方八面受了袭击,在长枪和军刀的乱刺乱斩之下,队内的大部分人都被激怒的敌人砍成了肉酱。三百十人的一个部队,只在二三分钟以内损失了五位军官、六十二个士兵,和一百二十四匹军马。

邱吉尔少尉于回印度之后,恰巧正赶上了马队间的球赛,而得了胜利,从南方来的骑兵队而得到球赛的胜利的,这一次是最初同时也即是最后的一次。其后,他就在军队里辞去了军职,将苏丹的战役写成了专书,一八九九年十月试作了他初次的政治讲演;抓住了波尔战役的机会又跑到了南非洲去做了从军的记者。

是他在当这次从军记者的中间,邱吉尔却遭逢了也许是他一生之中最有名的那一回冒险——就是他的被波尔人的虏获以及其后脱险的经过。他所乘坐的一辆装甲列车中了伏,出了轨,然又靠我们的这一位未来首相的绝大勇敢之福,终于救出了机关车头而使车里的伤兵得以逃走,因此之故,波尔的司令长官就把他当作了交战国的俘虏,而不肯以从军记者的资格相待而释放他。对于他自己的境遇,邱吉尔就只能用了他特有的机警和勇敢去想法，可是他终于也从泊来土利亚的俘虏营里逃了出来，而到了葡萄牙领的特拉卧亚。波尔人对他的不论生死的擒获，还悬出了二十五镑的赏格。

当列车出轨之日追上去将邱吉尔捕获的，是一个波尔的骑士，邱吉尔在向铁路切断处奔逃的时候，耳边已听到了枪弹擦过的鸣声。这一位骑士在四十码之外向他举起了来福枪瞄准，同时也发出了大声向他呼喝。邱吉乐被解除了武装，我们应记得拿破仑曾经说过的话："一个人当变成了单独而被解除武装之后，他的投降是情有可原的。"这事情的巧合奇逢，却是在这一点，就是这一位骑士后来做了南非洲的首相，而他的俘虏，却做了英国的首相。

邱吉尔在波尔战役里的冒险谈还很多很多。他曾有两次中了伏而逃出。有一回在他边上的一位他的兄弟被枪弹击中而毙命。更有一次，也因为他的大胆勇往而闯入了猛烈的火线，他的性命仅因一位骑兵的勇敢而被救助了出来，这一位骑兵可因此而获得了卓异嘉行的勋章。

邱吉尔是曾在南非洲这些波尔战役的战场上服过轻骑兵队的兵役的，可是波尔战役结束以后，他的从军记者以及军事批评家的令誉，以及他的很成功的讲演，终于把他抬上了政治舞台。

邱吉尔在保守党的议员席里本是一个成功的议员，

但是他又不断的趋向左倾,而正当自由党全盛之日,他在一九零六年变成了一位自由党员而做了殖民部的次长,一九零八年任商务局总裁,一九一一年任内政部长,嗣后又任海军部长历四年之久,那却正是时机日亟,第一次世界大战初起的时候。

当他初任海军部长作第一次就职讲演的时候,温斯敦·邱吉尔曾经说过:"我就这海军部长之职,并不是来补救时艰的。这任务应该由另外的,比我更好的人来担当。我所敢立誓负责的,是海军部的任务在今后得着议会赞助的大力,将不问处境的顺逆,而使英国国家得安度过一切的难关。说到难关,在目前是正多着呢!"在这些演说词里他已经对国家给予了他的保证,而在一九一四年第一次世界大战爆发的时候,英国舰队能准备得那么完善的,也大半是他的功劳。他在舰队人事的调整上曾施行了大改革,对于油燃料的改进,以及航空还在极幼稚的当时,对于海军飞行武器的创制,亦各有了绝大的贡献。他使英国海军返老还童,又给舰队组成了前此所没有的海军参谋部。他的教条是"将舰队造成功,万一被德国进攻时,马上可以应战",而他在其后的三年海相任内,邱吉尔只专心一意的在完成他这一项工作。一般人大家在说,在英皇的治下,从没有一个部长能像邱吉尔那样的尽瘁为国,处事敏捷的;这一种同样的牺牲，在一九一七年也使他做成了一个很有彻底决心的军需部长。在任海军部长与军需部长之间的一段短时期内，他并且还去参加了实际的战役，那就是他在法国战壕里作战的一段时间。

一九一六年他是一个军人在参加战争，一九一七年为军需部长，在第一次世界大战结束的那一年（一九一八），被任为陆军部长，他在此职位，直到胜利赢得了以后，大军复员开始的时候。

当时英帝国联邦的动员，曾从三千九百万人口之中，征集到了四百九十七万一千零四十二人，英自治领的白种人一千九百万人中，曾征集到一百三十万零六千四百九十二人。

同时从一九一八到一九二一年间，邱吉尔又做了两年以上的航空部长。于又做了一任殖民部长以后，他的长期的政治生活，暂告结束了。他的去职，是在一九二二年，此后他不但暂时退出了阁员之席，并且也不做议员。可是他于数次选举战失败之后，终于仍复获选当了议员；而令全议院的人感到大大惊异的，是他在取保护贸易政策的内阁里，联席做了自由贸易政策的财政部长。他任财长四年，直到工党组阁的时候，才兹去职。

此后又是一段较长的第二期韬晦的时期，在这期间内，有时候竟好像邱吉尔的政治生活将永告终结的样子。

他又重复开始了著作者的生活——广义地应用了他的文字武器——他并且又使用画笔,以描绘乡村的田园风景而自娱,有时候,他也搁下了画笔,去从事于堆叠砖瓦的手艺工作。在他的乡下别庄地区之内,有一所砖墙草舍,是首相亲自用自己的手所造成的。

因竭力攻击德国重整军备之故,邱吉尔的名字就又为世人所注目。纳粹党徒自从开始发动他们征服世界的阴谋之日起,就把邱吉尔当作眼中之钉,咒诅之的,原不是无故的。邱吉尔的大声疾呼,警告他的国人,且远在希脱勒争得政权之先。他在一九三二年的时候就说:"你们不要自己欺骗自己,以为德国人所要求的,只是欧洲公平的地位……若使他们的要求得遂的时候,必然的,将使我所说的欧洲许多国家的每一个人都受他们的震撼而遭到毁灭。"

他并不是一个喜欢挑拨战争的专家,相反的他却是一个热爱和平、想力挽颓势的政治家;而归根结蒂,他尤其是一位对于德国的重整军备以及对德国各领袖人物的政策在日夜操心、担忧不已的政治家。

从英国众议院议场中间通路下的那一个有名的角边座席上,邱吉尔氏曾经不断地起立,作了向众议院、向全国国民、向全世界的无数次警告。他曾希望欧洲各国能与德国人保持友谊;他曾经指出输向德国的各种大借款，不啻是一种向贫血者的输血，比德国所付出的赔款已经有两倍以上。他也曾指出，战胜的联合国方面从德国领土内的撤兵，比约定的时间为期更早得许多；他又告诉他的听众，一次一次的让步，是早已把《凡赛尔和约》的缺点纠正了过来的。可是在这样的状态之下，德国为什么还要声言为了被包围之故而重整军备呢？

他在一九三六年的时候说："这并不是对德国人的包围，这乃是对第一个蓄意侵略者的包围。我们并不愿以己所勿欲的处置加诸德国。假使我们是侵略者的话，那我们也应当为促进我们的觉醒之故而被包围的。在欧洲应该有合作的精神，举一个例来说，国联所应注意的地方，是在欧洲，并不是在亚洲。在德国重整军备达到了相当限度而使世界和平受到危机的威胁以前，大家应该留心到集体的安全。"

在一九三五年他说，纳粹德国的不断制造潜水艇，并不是为了苏联的威胁，也不是想将英国的强大海军加以攻击。德国的制造潜艇，是纯系为了袭击商船，他对于德国的愿意加入国际协定，限制潜艇的使用，使各国的潜艇都达到失去能作不人道的海战作用这一件事情，实在很难以置信。

当奥地利被并吞的时候，在一九三八年他又说，战祸是迫到眼前来了，可是危机或者还可以缓和于一时，

"当巨蟒吞食了大食品后,消化是需要相当的时间的"。德国于每一次毁约或实行侵略之后,总有一段间歇的时间,他们加强空军的秘密泄露之后是如此,实施征兵制度以后又如此,进兵莱茵区域之后也是如此,并且并吞了奥地利之后仍旧还是如此。一九三八年夏天,起了第一次对捷克的惊变,一九三八年九月就发生了第二次对捷克的危机,十月成立《慕尼克协定》,翌年三月又违反了约定,而最后就急转直下,当德国军队开入波兰,纳粹轰炸机开始它们可怖的破坏工作时,第二次世界大战就起来了。

大战终于把邱吉尔重招回了政府;紧急的危机再度将指挥海战的重任加到了他的身上,而日益险恶的局面,又使他做了今日英国的首相,他实在是目下唯一能够领导英国,使得到最后胜利的人。

(载《新文学评论》2021年第2期)

《郁达夫年谱》编制的路径和体会

一

十余年前，试水"竺可桢年谱"并小有创获之后，《郁达夫年谱》（以下简称"郁谱"）就成了我人生的一个新的小目标。现在，《郁达夫年谱》能被"浙籍现代作家年谱"项目首席专家洪治纲先生收纳，并在项目团队的协助下提前三五年完成夙愿，欢喜自是不言而喻的。

在国内郁达夫研究领域，此前已有至少三种颇有影响的郁达夫年谱，陈子善、王自立先生《郁达夫简谱》，陈其强先生《郁达夫年谱》和郭文友先生《郁达夫先生年谱长编》，这三种郁谱各有所长，且基本已将诗人的生活与创作足迹作了足够清晰和准确的还原。这在当年资料查阅多凭手翻笔记的年代，诸位前辈实在是劳苦功高，为后来者的新谱编纂打下了扎实的基础，此次《郁谱》编修是对他们的崇高礼敬。

本版《郁谱》，我和郁达夫长孙、富阳文联副主席郁峻峰先生以1921年为界略作分工。当初敲定这个时间节点全凭直觉，后来突然发现，这个年份正是诗人人生的中点，此前24年，此后亦24年。我和峻峰就这样不经意间分享了诗人的两个半生。

二

做年谱是我们和谱主互相发现的一个过程。我们通过史料还原谱主，谱主也让我们得以更多认识他和他的那个时代。所以在这个过程中，我一直主张"作家年谱首先宜为'全人'年谱"，史料检索尽可能不设"天花板"。

尤其对于郁达夫而言，他是那样一位特殊的诗人。他只有短短不到50年的生命，却生活在一个充满苦难、动荡和需要天才也能造就天才的年代。他是一个时代之子。他有非凡的人生经历，也有真实的书写和记录。他结社、办刊，他入伍、劳军，他漂洋过海、绝地求生，最终命殒南洋、杀身成仁，几乎每一天都在见证历史、书写传奇。而那些忠实于个人体验和内心召唤的诗文，不虚饰，不造作，真实而纯粹，没有任何不可告人、需要遮蔽和需要"技术处理"的隐秘和虚伪。这是他留给这个世界的珍贵遗产，也是他对那个时代的真实记录。因此在我看来，年谱所撰，自是一个作家的历史，但又何尝不是一个社会的剪影、一代文人的谱系。我们没有理由忽略任何可以还原郁达夫和他的世界的真实历史讯息。

所以，当我们以"全人"理念面对数据的海洋，这些沉积经年的史料也还我们一个"全人"的郁达夫。从年谱掌握的史料可以看到，郁达夫是诗人、作家、翻译家，也是编辑、出版人、教育家，戏曲、电影、音乐、美术等各类艺术的鉴赏家，同时还是公务员、农场主、实业家，甚至是走在战争前沿的反法西斯战士，堪称新文学史上独一无二的"全能选手"。这些身影，足以推翻文学史给予郁达夫的"作家"甚至"颓废作家"的单纯"人设"。我们可以确信，正是所有"丰富而不重复"的人生面向构成了郁达夫作为一位作家和诗人的全部人生景观，是他"艺术的生活"和"自叙传写作"的源泉和基础。从而，那些时代风雨和周遭变故，那些游山玩水和人来客往，那些职场打拼和家居琐事，自与作家的写作互为镜鉴，而且或隐或显地影响着诗人的写作立场和叙事表达。它们是那么自然地融汇成一个整体，任何意义上的取舍、扬弃，于郁达夫，可能都是不合适的。

基于年谱编撰的"全人"理念，面对这样一位时代之子和"全能"选手，我们除甄选、撷取郁达夫本人文字中的真实信息外，也尽可能周全地搜罗那个年代各类记载中涉及郁氏行踪的方方面面，从而本版《郁谱》会在谱主的"作家"符号以外，更多一些嘈杂的声音和纷纭的色彩。相信这样的尝试会为郁达夫研究提供各种新线索和新材料，也更能让我们体会和了解那个过去的世界、那些过去的人。

三

我也一直认为编谱是一个力气活,是一个为后来者架桥铺路的工作,只要舍得牺牲时间和不惧烦难。我们在《郁谱》编撰过程中依循的都是一些笨办法:

一、查寻资料。根据史料本身的可信度,基本可以有这样几个维度:一是谱主及其友人的日记、书信、手稿,以及当年报刊文献和档案材料记载。这些大多被我们视为一手材料而采信。尤其报刊文献和档案材料,支持了不少此前未能得其周详的郁氏生命轨迹的刻画,比如郁达夫在北大的任职细节、郁达夫在东战场的劳军经历等。二是谱主本人的相关文字,比如自述诗、纪实散文、游记和随笔,包括谱主出版物以及所编报刊的前言后记、个人声明。郁达夫的任何写作都不惧以真实面目示人,即便是那些前言后记类的普通公文,也常常如实报告个人行踪,从而成为年谱勾勒作家行止的一种依据。三是谱主友人当年的记录,以及日后的回忆、怀念性质的文字。

二、甄别信息。当然,所有的信息都需要甄别,需要有不同来源的材料互相鉴证。所以,目前能以数据库检索的海量信息为我们提供了这一便利。很多人认同历史考证就像刑警探案,需要顺藤摸瓜,需要抽丝剥茧,需要多方举证,需要在辨伪的基础上,让它成为证据链或史料链中的一环。相对于前三种郁达夫年谱，本版《郁谱》不敢说有大的史料突破或悬案侦结。比如在郁达夫研究领域，他入职安徽省立大学的经历，多年来一直存在疑点，为什么只待了10天还没上课，却有理由索取全学期薪水？根据编纂《郁谱》时查得的线索，让我们有郁达夫或在安大任教一学期的猜想，当然更多的实证材料还需要进一步搜索，本谱所录只能算是为这一存疑事件的探考打开了一个窗口。所以我们做的最多的工作，可能就是尽可能充实史料链，让郁达夫的人生和创作轨迹更趋细致，少留空隙，为后来的研究者提供更多的线索和可能隐藏其间的信息。

三、汲取成果。史料查证无有尽时。在汲取、整合前辈学人研究成果的基础上，《郁谱》尽可能借鉴和吸收了学界关于郁达夫史料考索的最新学术发现，包括新收集的佚文、新考证的史实和新整理出版的同时代人士的日记、书信、文集、年谱。包括同期进行的"现代浙籍作家年谱"系列中的部分同事同道、同乡同学，他们与郁达夫当年的往来、合作频繁而友好，各谱间当能信息互通、史料互信，也是系列年谱的一大优势，这些文字为《郁谱》编制提供了许多可信的材料和线索。这是我们深为感激的。

四

史料是研究的基础。在如今这个数据为王的年代,各行各业对数据的占有和使用为我们这个社会的诸多领域带来了超越想象的新的生长点,学术研究也是同样。同时,人类自古至今,"探寻真相"和"认识自我"是永恒的主题,这个过程充满艰辛,甚至需要付出巨大代价,但人们义无反顾,前赴后继。今天,我们通过谱牒这一文献形式对包括郁达夫在内的现代作家进行史迹还原和"全人"刻画,从某种意义上讲,也是对人类这一精神追求的一种呼应。

年谱是比较忠实于勾勒谱主人生轨迹和事业建树的学术生产,作为一种可以参考利用和不断完善的工具书,诚请更多的读者和学者在使用和参鉴的过程中,对其中的谬误和错失不吝指教和补正。

(载《名作欣赏》2022年6月第16期)

竺可桢

竺可桢为何十次请辞浙大校长

竺可桢记日记或始于1913年竺可桢入学哈佛之时，但遗憾的是，1936年前的日记先失于火灾，后失于战争，均已不存，今天我们所能读到的竺可桢日记自1936年1月1日始，至1974年2月6日，他去世前一天。日记时间连贯，叙事清晰，内容细致丰沛，是史学界公认的"20世纪最具影响力的名人日记之一"。尤其1949年10月前的部分，完整地记录了一位大学校长的教育理念、办学情怀，以及战火硝烟里执掌一所高校所体会的五味杂陈；而其长校浙大十三年间的去与留，直可谓遍历周折、费尽思量，颇引人怀想。

一

1935年12月9日，平津各高校发起"一二·九"抗日爱国运动，得到全国各地学生的响应。12月24日，"浙江大学校长郭任远，因阻学生游行，被迫辞职"。次年1月21日，蒋介石由陈布雷陪同视察浙江大学，并委陈布雷、许绍棣与浙大校务委员会处理善后。据陈训慈称，首推竺可桢往长浙大者正是时以教务长名义主持临时校务会的郑晓沧；而竺可

桢知道自己"躺枪",是在1月28日的午餐餐桌上:

> 中午肖堂与晓峰约在美丽川中膳,到咏霓、谢季华、冯景兰(怀西)等。据咏霓云,浙江大学教员与学生均不满于校长郭任远,郭辞职,教部已有允意,但蒋因学生排斥校长势不可长,故决维持郭,在郭辞职时曾有人主派余前往长浙校之议云。(1936年1月28日日记)

其时也,竺可桢已在南京工作生活了十多年。虽然1936年前在南京包括更早在哈佛写就的日记均已不存,但从这年年初短暂的南京日记,我们还是可以看到,作为东南大学地学系主任、北极阁气象研究所所长、中国气象学会会长和中央研究院评议员,身在南京的竺可桢,可谓工作得心应手,事业如日中天,生活平静而美满,在指导各地建气象测候所、组织学会会议之余,也偕夫人走亲访友,教长子竺津学英文,带孩子们去看秀兰·邓波尔的《小姑娘》,一切都是最好的模样。

当然,此间内外政局之患,是困扰竺可桢们的餐桌话题:

> 六点半至利涉桥老万全,周汉章邀晚膳,到翼谋、肖堂、晓峰、王焕镳、张廷休、缪赞虞、展叔、振公等等。张廷休谓政府现已具决心抵抗,二三个月以内或将

发动云云。张与何敬之颇接近，故似可代表军部之意见，盖己至忍无可忍之时期矣。（1936年2月2日日记）

战争迹象则是随处可见：

《字林西报》载上月份我国在美大买军火，计值三百万金元，抵全美军火出［口］四分之三云。（1936年2月7日日记）

据石瑛云，政府已有决意抵抗，现政府已将现银运往成都云云。（1936年2月11日日记）

对时局之悲观，甚至让竺可桢有出售住宅之计划：

晤元任，余以时局危急，拟将住宅出售，以一旦薪水不发，则银行按月应还之款，无法付去。元任云，此事当非限于一二人之事，临时当可缓付云云。又若政府一旦滥发纸票，则屋售出后，等于得到若干废纸而已。故此事作罢。（1936年2月10日日记）

竺可桢在南京有两处住宅，分别是珞珈路新居和鸡鸣寺路旧居。以仍须按月还款推测，竺可桢拟出售的或为珞珈路新居。这年4月，竺可桢只身前往杭州，家还留在南京，直至次年8月南京遇炸，竺可桢才移家杭州，并偕家人随校一路西迁，夫人侠魂和次子竺衡俱病殁泰和。待再次回到南京，已是1945年抗战胜利以后。他先上了北极阁：

> 无线电台屋尚好，惟门窗全去。自山上下望，见全城依然如故，不禁有江山依旧，面目全非之慨也。院中草已深，且壁亦失修……（1945年10月14日日记）

次日回"家"，知"所有书籍均亡"，包括1923年口字房火灾后十余年间的日记：

> 十点，余偕高玉怀至珞珈路廿二号，由江苏路往。外表与八年前无异，内住伪财次［长］……陈君衍。陈已被押，其妻女在内……余所有书籍均亡。问之，据云目前亦无一书架，其不读书可知矣。内部装修甚好，但草木无增加，但高大不少矣。后面添一砖屋，系卫队用。（1945年10月14日日记）

这是后话。回到1936年，2月11日晚8时，国民政府行政院秘书长翁文灏（咏霓）到访，正式告知拟请出任浙大校长之提议。在竺可桢看来，战争将至、危机四伏的时局，对学校师生自然是巨大威胁；而若站在大学主事者角度，一个安放不下一张安静书桌的校园，更是万难维持的。因之，竺可桢随即有如下表示：

> 余谓在此时局，难保于三四月内不发生战事，京杭兼顾势所不能，故余不愿就，若能于浙大有所补益，余亦愿竭全力以赴之也。（1936年2月11日日记）

这应该是竺可桢的基本态度，作为一介知识分子，在个人利益与国家大局存在冲突的时候，竺可桢选择的是牺牲自己。

十天以后，蒋介石约见：

> 待约一小时，蒋始来，盖在军校训话云云。待约五分钟，即偕布雷同见蒋。渠最初问余是否初来自北平，余告以去年曾至北平，但渠意中终以为余方由北平回也。次即约余赴杭州长浙大事，余告以须与蔡先生谈后方能决定。渠意即欲余允任，余告以尚须考虑，谈约七八分钟而出。（1936年2月21日日记）

考虑到事已至此，或难推辞，竺可桢以诸多实际困难，设想着自己的半年之约：

> 余个人之困难在于：一，不善侍候部长、委员长等，且亦不屑为之；二，时局如斯，万一半年内战事发生，余不能离杭，则不免悬心吊胆；三，余目的并不在于要能长做校长，故半年之内亦难看见成绩也。（1936年2月25日日记）

后来，蔡元培建议一年为期并答应推荐继任者，邵元冲、张默君夫妇亦劝其"宜暂往一试"，因为"借此可以转易学风，展施怀抱"。在师长、朋友、家人的鼓动和支持下，1936年4月26日，竺可桢到浙大接事。但他以"不愿放弃气象研究所事"，而"久兼决非办法"，故始终惦记着"半年"之期。除不移家、不离所，一个未事张扬的证据就是，这年10月中旬，借报告过去半年来校务改进状况之名义，竺可桢托陈布雷将《半年来浙大之改进》一文转呈蒋介石。显然，这份报告很有点布局进退——以进为"退"——的功能。

二

后来我们知道，竺可桢在获得了"财政须源源接济，校长有用人全权"两项办学特权以后，"以半年为限"的要求却遥遥无期，并且先后有十个年头，竺可桢带着他的大学流亡在战火边缘，历尽千辛万苦。

这期间，他十次请辞校长之职（参下表），前九次都因种种原因不能如愿，从（官方）不让走，到（西迁）不能走，到（师生）不让走。直至1949年4月29日，民国政府撤离南京之际，竺可桢在确认浙大师生能保安全，自己已无留浙大之理由之后，决意立时避开。从1936年4月26日到校视事，到1949年4月29日悄然离校，竺可桢接长浙大十三年整。

附表：竺可桢请辞浙大全过程

	时间	对接者	请辞理由	反馈	备注
1	1937.3.1	王雪艇 陈布雷	四月底须摆脱浙大		以一年之期，第一次请辞
	1937.3.2	翁咏霓	提议任叔永调浙大		
	1937.3.6	陈训慈 陈布雷		劝弗辞浙大，先解决经费问题	
	1937.3.17	朱家骅	辞浙大回气象所	恐叔永来又起纷扰	
	1937.3.24	陈布雷		劝弗辞浙大，120万元建筑款恐有困难	
	1937.3.30	蒋介石		建筑费分五六年给	
	1937.3.31	教育部		浙大经常费加2万，临时费增15万	
	1937.5.7	王雪艇	谈辞浙大校长问题	以蒋病，一时不提	

149

续 表

	时间	对接者	请辞理由	反馈	备注
2	1938.3.3	朱家骅	以朱家骅将赴任德国大使，提出辞浙大职	胡刚复如愿干，则与教育部商量	非正式请辞
		蔡元培		主张不辞	
3	1939.11.27	学生自治会	少数学生以即停课迁校为条件挟校长辞职		以定校遵义，第二次请辞
	1940.2.23	顾一樵	函请辞职		
	1940.3.4	陈立夫	辞浙大回气象研究所	提议气象所迁遵义	
	1940.3.12	朱家骅	非辞不可	劝勿辞浙大	
	1940.3.21	陈布雷	决辞浙大		
	1940.3.37	陈立夫		主张气象所迁遵义	
	1940.4.1	陈立夫	再函辞浙大，但允维至暑假止		
	1940.4.11	张梓铭	浙大辞职		
	1940.4.15	张梓铭		以为极难提出	
	1940.4.24	教育部	向教育部辞职		
4	1940.10.18	陈布雷 朱骝先	气象所和浙大二事必去其一	朱家骅主张留浙大	以不可兼任二事，第三次请辞
	1940.10.26	陈立夫	函辞浙大校长		
	1940.10.28	朱家骅	函辞浙大校长，若不允，则辞气象研究所长	气象所系纯科学机关，万请以所务为重	

续表

	时间	对接者	请辞理由	反馈	备注
4	1941.4.11	陈布雷		称继任人选不易得	以不可兼任二事，第三次请辞
		陈训慈	体力不胜任不可兼二事		
	1941.4.12	陈布雷	浙大、气象所必去其一	以继任人选为虑	
5	1941.6.21	朱家骅	已三递辞呈，谋摆脱浙大，"素愿在于回气象所"		为求三递辞呈结果，第四次请辞
	1941.8.28	陈立夫		仍主张气象研究所迁遵义，以二者兼顾	
6	1942.1.17	教育部	以学生游行迄辞职	学生200余人签名挽留	为学生游行，第五次请辞
	1942.3.22	陈立夫	浙大经费困难，请辞职		
7	1943.12.14	朱家骅	若不能脱离浙大，气象所所长必另派人		第六次请辞，为辞气象所长
	1944.1.6	朱家骅	提出辞去所长职，确定赵九章为代理所长		
	1945.1.3	朱家骅	函请辞气象所所长兼职		
	1945.3.20	李书华	谈辞气象研究所所长事		

续 表

	时间	对接者	请辞理由	反馈	备注
8	1945.3.27		学生罢课，次日若不复课，即告辞职		第七次请辞，再辞气象所长
	1946.8.30	朱家骅	请辞气象所所长		
	1946.10.13	朱家骅	函请辞气象所所长兼职	请维持至年底	
9	1947.11.4	教育部	为学生不听劝告继续罢课，决定向教育部辞职		为学生罢课，第八次请辞
	1947.11.5	朱家骅	告以浙大事不能再干	恐此时辞职必受人责备，竭力劝弗辞	
	1947.11.6	朱家骅	对此内外交迫实无以应付，至明春决计辞职		
10	1948.1.19	王国松	为辞浙大而觅继任		主动觅继任，第九次请辞
	1948.1.31	教授会代表	为拟于4月间辞校长事		
	1948.2.20	朱家骅	谈辞职问题，如部中乏人，则校内产生		
11	1949.4.29		下午2时离浙大		第十次先走后辞
	1949.5.2	严仁赓 苏步青	函告已向教育部辞职，回中央研究院任事		

竺可桢的想要摆脱浙大，无论是为半年之约，还是为不愿放弃的气象事业，都很能让人理解。但其中因学生不听劝阻罢课、游行而提交的几次辞呈，或许可以让我们对这位校长的心事更多一份猜想。

这十三年，竺可桢从47岁到60岁，从一位科学家的正当盛年到年登花甲垂垂老矣，他以离杭后一句"余对浙大校长一职实已厌恶万分也"，写尽了十三年长校浙大带给他的所有疲惫、愤懑、酸涩和委屈，包括举校西迁的艰辛、事无巨细的操劳、家破人亡的哀恸、"落伍气象学"的追悔，以及更多不被理解的伤怀、内外交困的迫压。翻读日记，可感受到竺可桢一向坚忍、宽厚、克己、自省，即便如何苦楚，鲜有直言不讳者。但他不是三头六臂的英雄，也不是不食人间烟火的金刚，作为一位承受了如此多苦难和艰辛的老人，十三年执着的请辞和终得脱离的感慨掩藏着太多沉重的心思。

竺可桢离开了浙大，带着无可名状的伤感。从来，浙大得于竺可桢者多矣，求是问学的精神，教书育人的理念，"东方剑桥"的美誉，甚至综合性大学的建制和规模，都在竺可桢治下得以奠定和弘扬；而竺可桢得之于浙大的，或唯"牺牲"二字。

三

竺可桢是浙大历史上最伟大的校长，这是几十万浙大校友的共识。但值得一提的是，这一评价是伴随着同事好友、青年学生曾经的不理解、不体谅甚至不支持、不合作，在忍辱负重之中获得的。

初来乍到之时，为"觅得一群志同道合之教授"，竺可桢开始大规模延揽各学科优秀学者。他选拔师资，延聘教授，既不任人唯亲，也不举贤避亲，而唯能力、学养、修为和是否有助于人才培养为标准。他招揽梅光迪（迪生）、张其昀（晓峰）、胡刚复等左膀右臂和马一浮、柳诒徵等国学大师，并竭力为他们创造尽可能好的治学条件，包括在校内成立以教授为主体的各种委员会，同时争取源源不断的财政支持，为浙大腾飞打下基础。而其中，因为大量引进东南大学师生，竺可桢曾被投匿名状，被指"植党行私"，并列"九大罪状"，校内甚至成立了"浙江大学驱竺团"。

西迁期间，竺可桢依"有公有建筑可资做校舍"，"物产丰富，物品价格低廉"，"偏安一隅，无军事价值"等择校条件，带领浙大师生辗转建德梅城、吉安泰和、广西宜山等多地后，才最终落定遵义湄潭。这一举措伴随着诸多批评与指责，最激烈的时候，学生以校长下台相要挟，好友梅光迪也对竺可桢不一步到位的迁校方式表示遗憾，他在1938

年6月30日的家书中称："最近我们可能不得不很快再次搬家，这次是广西或贵州。……我们都指责那些当年没能让学校走得更远的责任者。播迁伊始，我们就应该去广西、贵州或云南。如今，成千上万的钱被砸在这里——修房子，筑坝，为所有房间配置家具等，现在都白费了。"[1]

面对这些责难甚至驱逐，竺可桢以心底无私，故行事坦荡，他表白了自己"惟以是非为前提，利害在所不顾"的行事原则，并最终用辉煌的事实赢得了师生们的尊重和支持。但其内心的苦涩与失落，怕是外人难以详知的。

对于作为天之骄子的大学生，竺可桢一向爱护有加。除了教导他们固守"求是精神"，明了"大学生的责任"，能明辨是非，静观得失，敢追求真知，探索真理；他也像母鸡护雏一样，时刻准备着张开羽翼护佑校内每一位年轻人。学生中有得肺病、伤寒、脑膜炎、恶性疟疾等各种疾病的，他定期前往探望，每一位年轻人的夭折，都成为他的日记里最沉痛的记录；夫人张侠魂去世后，竺可桢以所贮国币1000元，设立"侠魂女士奖学基金"，奖励家境清寒而学业优良的女大学生；学生因卷入政治运动而被拿捕或禁闭于训练团的，竺可桢更是多方营救并往探视。1943年5月29日，竺可桢从北碚回重庆的路上，曾徒步七八里路，绕道前往青木关五

---

[1] 《梅光迪文存》第416页（参第304页英文校核），华中师范大学出版社2011年版。

云山青年训练团探望王蕙、何友谅：

> 余在小湾站下车，往探王蕙、何友谅。问站旁人，知战时青年训练团距站七八华里之遥。余徒步往，自八点二十分走起向东南行，为一石板路，至一石桥，名群力桥，则已为五云山矣。训练团在五云寨。余上寨觅队长陈上川，即召王蕙来谈约半小时。王蕙告余以被捕经过，谓系反孔为主因，并以湖南学生杨姓失金戒子事而结私仇。至贵阳后，何友谅因被打三次而招供，逼写自承共党等。（1943年5月29日日记）

于子三惨案后短短十天内，竺可桢密集接洽和走访了包括保安司令部警察、首席检察官、法医检察员、监狱长、法律顾问、省政府主席、省党部官员、报社记者、学生代表在内的多方人士，并赴南京与教育部、司法行政部、行政院官员会晤，就这一惨剧提出交涉。

但是另一方面，这十三年里，竺可桢对校规校纪的执行从来都不温和，从来不失原则。前任郭任远以严厉限制学生而遭驱逐，事实上，竺可桢在校长任上，除考试作弊、考试不及格等原因退学的以外，因各种违反纪律而记过、留校察看、勒令退学、开除的学生亦绝不是个小数字。就日记记载，即有因群殴闹事而被开除的，有违反网球场规则、擅贴壁报肆意攻击或发起罢课签名而被记过的，也有因策动游行而被勒令退学的。仅1941年7月，因阻挠毕业考试受到处分的就有13名学生，包括开除学籍1人、勒令退学3人、记大过5人、记小过4人。执行纪律可谓严厉矣。

作为民国时期唯一一位非国民党籍的国立大学校长，竺可桢对学生罢课、结社之态度十分明确，即不反对学生有政治信仰，但不赞成学生的学业受到太多干扰："学生应埋头求学问，否则从军可也。""学生在校，尽可自由信仰，但不得有政治活动。"但抗战胜利后，随着内战的不断升级，校内外罢课风潮此起彼伏。1947年于子三事件中，为全校学生屡劝不听，持续罢课近四周，竺可桢第八次正式提出辞职：

> 于子三之惨死，予以彻查。至于余之辞职，乃由于治安机关不听吾言，酿成于之惨死。而你们同学不听吾言，将来难免不再出事，故余不能负责。（1947年11月8日日记）

这里隐含着多少痛心疾首、多少爱莫能助！那种担忧、无奈的叠加，会对当事人心理形成怎样的挤压，又有几分影响到竺可桢最后断然舍离他执掌十三年的大学，我们不能确知；但事实上，这是竺可桢对学生别一种形式的耽爱和保护，保护他们知识的汲取，保护他们智慧的增长，保护他们人身的安全与人格的康健，让他们远离政治迫害，努力"教育救国"，真正明白天地间惟学无际，御强敌、树邦国最靠知识。

竺可桢的这些坚持，学生们曾不理解，不接受；待走上社会，他们中的大多数人，一生都在传播和实践"求是精神"和"大学生责任"。从这个意义上讲，竺可桢或许从不曾离开他耕耘了十三年的大学，他是浙大永远的校长。

（载 2020 年 9 月 18 日《文汇学人》）

竺可桢的宜山岁月

来匆匆，去匆匆，宜山不易居

1938年9月15日，竺可桢在泰和县华阳书院后之松山安葬了侠魂和衡儿。此地位玉华山之阳，距华阳书院东北二里许。两天以后，竺可桢复偕竺梅和竺安往松山告别，"余拍数照，不知何时重来祭奠。"9月18日，竺可桢便带着万般伤感和不舍离开泰和，经衡阳、桂林而往宜山。经此一别，竺可桢再未能重返泰和，重上松山。

1964年9月，竺可桢参加在庐山召开的植物学会大会，23日日记："我以侠魂及衡坟墓在泰和，愿前往，但此来已无时间。"25日日记："将于廿八号会毕后去井冈山，从南昌去一天可到，离泰和仅110公里。我以侠魂、衡儿之墓在泰和，有机会甚愿一往。"遗憾的是，27号，竺可桢便直飞北京，以备出席中华人民共和国成立15周年大庆。

这是竺可桢离故去的侠魂母子最近的一次。

离泰和去宜山的路上，竺可桢在衡阳"夜间梦侠来"，醒后不能复睡，思及"九一八在茶陵、衡阳渡湘水，遇狂风暴雨，大有秋意。今春两次来往湘赣，侠均相偕，今独来，故有感也",拟成七绝一首;第二天到桂林,又"晨一点半醒,不能成寐"。经过接连两个晚上的辗转难眠,足成《步放翁原韵悼侠魂绝句两首》:

> 生别可哀死更哀,何堪凤去只留台。
> 西风萧瑟湘江渡,昔日双飞今独来。
>
> 结发相从二十年,澄江话别意绵绵。
> 岂知一病竟难起,客舍梦回又泫然。

在桂林、阳朔等地小住两日,调适心情后,竺可桢于9月25日抵达宜山。这是他第一次到宜山,跟之前和之后每次迁徙前必亲赴勘察不同,宜山是竺可桢此前未曾涉足的。

竺可桢差一步就能先抵宜山亲勘校址。6月30日,竺可桢偕文理学院院长胡刚复同赴南昌、长沙、汉口、桂林等地公干,并准备考察新的办学地址。7月23日在桂林,广西教育厅邱昌渭告知宜山有标营足敷数千人之用,竺校长心有所动。但同一日,时在桂林的李四光(仲揆)转来校秘书诸葛麒(振公)、沈思玙(鲁珍)电,告以张侠魂久病未愈,催竺校长返程。于是竺可桢中断考察,留名片两张,由"胡院长在桂、黔两省接洽",急急返程,于7月26日回泰和。7月31日,经与接洽的胡刚复致电竺校长云宜山可用。可惜这份电文，竺可桢迟至8月15日晨才接到。

尽管晚到半个月，但这个信息还是至为及时。8月13日晚，竺可桢还在计算学校迁黔路程，"由衡阳、柳州入贵阳，凡1786公里"云云，而一旦确知宜山"可用"，旋即确定了西迁目标。竺可桢日记中透露，学校当天即电邱昌渭，告以李絜非、滕和卿将赴桂转宜修缮房屋，并决定派张东光等五人押运仪器至宜山。8月27日，竺可桢致函教育部次长吴俊升：

> ……万一安顺无适当地址，则唯有暂驻宜山，先筹开学，徐图遵陆入黔之策。宜山去柳州不远，水径可通，仪器图书，今已起运，溯西江直达，当无困踬；员生则取道湘桂，亦可于半月内抵宜，开学上课，或可不至愆期。……

宜山，就这样走进了浙大的历史。

竺可桢甫抵宜山，即偕李絜非、胡刚复等视宜山东城文庙、湖广会馆、岳庙及东门外标营各处，嗣后更嘱测量标营及农场地亩，因地制宜，将学校在宜山各处布局妥当。

在宜山，竺可桢先是暂住乐群社1号和5号，10月6日移入西大街32号广安西服铺，宜山郭姓金库主任的一处私宅，同日，接收文庙附近宜山职工工读学校（今宜山幼儿园）

为浙校总办公处，而校本部则在城东的标营。竺可桢三天两头跑标营，或召集总理纪念周，或请各方人士来标营演讲，或去膳厅与学生共餐，或往疗养室探望贫病学生……今天宜州的不少长寿老人，还记得竺校长在西大街和东大街上来去匆匆的身影。

可惜，宜山因为气候不宜和警报频仍，让竺可桢不得不忍痛舍离。1939年4月10日，校长竺可桢书呈教育部：

> 查本大学前以赣局紧张，奉令于必要时得再迁移，当时原拟径迁入黔，奈因路途遥远，交通不便，而图书仪器为数甚多，运输颇费时日，为顾全课业起见，暂驻宜山开学。唯是居宜半载，深感环境不宜，气候变动剧烈，疟疾侵袭，影响于学生之健康与课业至巨。又以迩来宜山空袭警报频仍，一日数起，入秋以后，天气晴霁，必且更甚，足以妨碍课业，且自二月五日本校被敌机狂炸后，不特一部分校舍受损，而员生经此次侵袭后，对于警报之来，亦属不无戒心，近且北海屡传警讯，益足摇动人心。兹经校务会议议决拟于最近期内迁移云南建水，曾派史地系张主任其昀前往该处察勘，深觉地点适宜，目前空屋足敷校中上课之用，而交通路程又较黔省为便，爰拟迁滇，以作较久之计。

后来，囿于各种各样的原因，教育部准浙大离宜是半年以后的事情了。

勤筹谋，苦经营，宜山画蓝图

待1938年10月底全校师生安抵宜山，竺可桢感觉又完成了一件大事。随后，他竭力筹划、苦心经营宜山办学一切，开始呵护和建设这个难得的办学宝地。从硬件方面来讲，除利用宜山城内原有的公共空间如文庙、会馆、学校等分散办学外，浙大先在标营搭建教室、礼堂、宿舍、膳厅、阅报室、疗养室等基础设施，使之成为宜山浙大的核心校园；后又在龙江对岸小龙乡筑校舍、教工宿舍，规划宜山浙大新蓝图。以至浙大离宜以后，这些设施均为广西军队、地方所利用。而软实力建设，诸如完善导师制、复刊浙大校报和校刊、制定浙大校训和校歌、招揽因战乱而离散的各科教授、设立"侠魂女士奖学金"、印行《浙江大学西迁纪实》、创办浙大宜山实验小学、筹办浙大龙泉分校等，更在竺可桢的筹谋中次第开展，井井有条。

这一切，是竺校长借繁忙操劳以抵御刚刚经历的丧妻失子之痛，还是作全方位准备以摆脱本就不欲久留的浙大，抑或两者兼而有之，今天我们不得而知。但1939年3月4日下午，借出席第三届全国教育委员会第三次大会赴重庆之机，竺可桢"至陈立夫寓，与谈摆脱浙大事。余谓一俟学校迁移定局即欲摆脱，因叔永欲余兼办地理研究所也。立夫嘱余继续至抗战终结。"3月8日，蔡元培亦致函陈立夫，意调竺可桢回中央研究院。两厢联系，不难猜想这应该不是偶然的。竺可桢对气象研究独有情钟，念念不能忘，在兼掌浙大和气象所的最初几年里，用他自己的话来说："桢意侧重在回研究院，在桢个人决无离所而专就浙大之理。"

这是他的初衷，似绝不因环境的改易而改易。于是在宜山，竺可桢一边布局宜山建设，一边策划个人进退。8月3日，他向气象所代理所长吕炯（蕴明）表示："只要浙大在小龙江新建筑计划有头绪，各院院长、教授请定，亦可称为小康时期。桢虽求去，当亦可对得住学校矣。"

竺可桢几次在日记中自曝就职浙大后的身心俱疲、"苍老"遽至的悲凉心境："自至杭长浙大以来，余两鬓几全白，颓然老翁矣。"时1937年12月6日，竺可桢年48，莅浙大仅一年有半。沉重、无奈，又不愿有辱使命，竺可桢的浙大十三年可谓艰涩无比。这十三年，是浙大之幸，没有竺可桢这样一位十三年如一日秉持"求是"理念全身心投入学校管理的校长，浙大化蛹为蝶或是不可想象的事；这十三年，却又是竺校长之不幸，那种牺牲自我成全浙大却不时招致各方误解的无奈，让他备感凄凉——浙大十三年里，他有十一年在努力"摆脱浙大"，尤其是最初几年，几乎每将队伍带至一地，长松一口气的竺可桢前往教育部的第一件事就是提出辞呈，以履"半年"之约，孜孜不倦。

从宜山日记开始，竺可桢的个人立场表达得更加充分，无论是对时局的品评，还是对师生的臧否，似都更有针对性。这一方面是侠魂走后，内疚和孤独让竺可桢越来越有苍老之感，对世事亦更多一分觉醒和体悟；另一方面，因为战争、疾病和无时不在的死亡，亦似使世人不惧多暴露一些真面目。

1939年11月25日，广西首府南宁在被轰炸一个月后终于陷入敌手，这使浙大师生对宜山安全产生了严重的疑惑。竺可桢立即着手部署迁校计划，但学生自治会却给这一计划制造了压力。11月26日，自治会主席虞承藻"来谈学生会活动、工作及膳贴，最后问及企沙上岸南宁危急，学校善后处理"；11月27日，竺可桢报告26日校行政会议"照常上课，俟敌过宾阳后即出发赴黔"的议决后，虞则报告学生自治会五条以针锋相对，"其中二条，一为立即停课，一为筹备迁移"，甚至"假纪念周包围余，即日停课迁校，否则辞职"；28日自治会方面组织学生罢课；12月7日晚五点，竺可桢正召集会议讨论学生贷金问题，"未几虞承藻率学生约百人来，秩序尚佳，但其中有孙祺荃等数人出言无理，形同要挟。……结果给与公路局车资（都匀，24元左右）而散"。竺可桢叹曰："近来两次包围，一为迁移校舍，一为增加贷金，均属无聊之至。因无此包围，同属一样结果。"同时，"教职员亦纷纷离去"。12月5日，竺可桢至图书馆阅报，"见课室均阒焉无人，后知教员告假者已有十六（？）人"。

面对此番景况，竺可桢再度提出辞呈，态度似较之前为更坚决："余于明春三四月一俟遵义迁定以后必去浙大而回气象研究所。……骝先劝余弗辞浙大事，余则以为非辞不可。"

当然，即便如此，最后的结局仍然是，竺可桢为顾全大局，在宜山坚持长校三个学期，然后再度率校西征。

遵"求是"，寻真理，宜山定校训

宜山是浙大师生为避战乱奔波一年后，暂得长驻的一处内迁地，相对于建德和吉安、泰和，竺校长在这里做了更多规划和建设，不仅是基础设施，更是治校理念。可以肯定地说，这里是竺可桢教育思想最集中的诞生地。

1938年11月1日，浙大在宜山开学。学生照例被召集行开学礼。竺可桢与同学们讲曾任庐陵（今江西吉安）知府的乡贤王阳明的"知行合一"与"良知"之说，举其严谨治学、身体力行、公忠坚毅、舍身报国的坚卓精神，督勉各生能自觉觉人，自淑淑人，励志力学、敦行各端：

> 大学教育的目标，绝不仅是造就多少专家，如工程师、医生之类，而尤在乎养成公忠坚毅、能担当大任、

主持风会、转移国运的领导人才。

综观阳明先生治学、躬行、艰贞负责和公忠报国的精神，莫不足以见其伟大过人的造诣，而尤足为我们今日国难中的学生典范。

又以做学问求真知灼见，实用上能验诸行事，"正合先生之教"：

本校本历史的渊承（本校前身是前清的求是书院），念治学的精义，将定"求是"二字为校训，阳明先生这样的话，正是"求是"二字的最好注释，我们治学、做人之最好指示。

这篇训辞,《王阳明先生与大学生的典范》,在《国命旬刊》第15号刊出。

竺可桢为家乡的大学拈出"求是"二字做校训，事实上绝非偶然。临浙大未久，1936年5月5日，竺校长即因各方谋事者日多，而在日记中自白："惟以是非为前提，利害在所不顾。"可见，求真务实、不徇私情，这是竺可桢与生俱来的"浙东人的硬气"。加之求是书院之遗风、哈佛校训的"不约而同"，和在吉安遭遇的王阳明，给了竺可桢充分的理由，也给了宜山华丽的机会。

11月19日，宜山学期第一次校务会议上，竺可桢与同仁们一致通过以"求是"为浙大校训。从此，"求是"校训诞生在宜山，"求是"精神成为几代浙大师生最核心的价值追求。

1939年2月4日，竺可桢召集一年级新生作《求是精神与牺牲精神》的演讲。在这次演讲中，竺可桢强调了"求是"精神与未来领袖应担负之使命的关系，希望年轻人能把是非得失了然于心，然后尽力行之：

> 你们要做将来的领袖，不仅求得了一点专门的知识就足够，必须具有清醒而富有理智的头脑，明辨是非而不徇利害的气概，沉思远虑、不肯盲从的习惯，而同时还要有健全的体格，肯吃苦耐劳、牺牲自己努力为公的精神。

而在1941年5月9日所作《近代科学之精神》演讲中，竺可桢明确表示，近代科学的目标就是探求真理，而蕲求真理的态度应该是：

> （一）不盲从，不附和，一以理智为依归。如遇横逆之境遇，则不屈不挠，不畏强御，只问是非，不计利害。
> （二）虚怀若谷，不武断，不蛮横。

（三）专心一致，实事求是，不作无病之呻吟，严谨整饬，毫不苟且。

竺可桢时代的浙江大学，一直挣扎在动荡而惨酷的战争阴影中，宜山浙大更是那一段艰难困苦的缩影。可是，不断的迁徙和奔波、持久的外侵和内乱，无论安稳富庶还是民不聊生，无论平和清静还是被搅得鸡犬不宁，都毫不影响竺校长在他长校的十三年里，始终信奉独立思想，始终坚持民主治校，始终以"求是"校训烛照一届届浙大学子，鼓舞他们探求真理的勇气和明辨是非的才能，培养他们"只问是非，不计利害"的人格与独求其真、独问其是的精神。这是一所大学的生命和要义所在。没有了这样的勇气和才能，一所大学也就背弃了它成其为大学的科学精神和社会道义。从这个意义上讲，竺可桢在宜山为浙大楷定的"求是"校训，早已超越了那个特殊的年代和特定的地域，而成为代代大学中人时时自问、人人自省的一面镜子。

（载 2019 年 1 月 3 日《河池日报》）

《竺可桢国立浙江大学年谱》前言

一

三年前开始从网上一本一本买齐《竺可桢全集》的时候,我没有预料这位气象学家的日记会带给我如此大的震撼。当初因为翻阅《马一浮全集》,发现马老先生关于浙大约请国学讲座的叙事与学界基于《竺可桢日记》批露的信息不无矛盾,决定拿两部全集对读,结果不由自主,直坠入这个浩大深邃的世界。这个世界有关国立浙江大学,有关民族风云、时代更迭,更有关几代知识精英的命运浮沉。可贵的是,老校长始终以一支平和冲淡之笔,如实记录近四十载,留下了逾一千万字的故事和心情,成为我们今天咀嚼、赏读、回望和礼敬那段历史的最好蓝本。

老校长的文字助我完成了一系列相关话题的研究,而且颇为"自虐"的是,因为多看了几遍《竺可桢全集》,一个让人兴奋的念头在2015年暑假诞生:何不以竺可桢日记为基础,编一个《竺可桢浙大年谱》呢?既为勾勒国立浙大时代的竺可桢,也能厘清竺可桢时代的浙江大学,一举两得,岂不善哉!

于是，漫长的信息查阅、遴选、输入、核对，就开始了。从 2015 年暑假到这年年底，我的所有假日和工余时间几乎都被《竺可桢全集》内外海量的材料所挤占，终于在这年的最后一天，按计划录完了竺可桢十三年日记里所有我以为有用的信息，如期搞定第一步计划；第二步，是大量翻阅和录用于补充和辅佐的各类报刊史料，增补重要信息，并为其中的部分人物和事件做简注或说明；第三步，则是利用假期重走始于八十年前的国立浙江大学西征之路，探访各地档案馆、纪念馆和浙大办学遗址。

现在，这部几经磨砺的年谱已经粗具规模。在对相关档案、日记、书函、传记和其他文献做了几番地毯式的搜寻和对各地做了相关探访之后，年谱中竺可桢和西迁时期国立浙大的形象，在我眼里越来越完整真切，并且像昨天刚发生一样鲜活生动。这里有悲怆、沉重，有无奈、苦闷，因为伴随竺可桢和他的员生们的，是战争、炮火、死亡和长时间的播迁与流浪；这里也有关怀、温暖，有豪迈、自信，因为一位意志坚定、视野前卫且理念独立的校长，国立浙江大学兀自走上了那条跻身国内一流甚至成为"东方剑桥"的征程。在我看来，这段历史充满光荣，书尽传奇，但是不可复制，尽管它像是今天芸芸高校使尽解数想要抵达的目标，然而，时过境迁，沧海桑田，今天我们能做的，只是尽可能地靠近她，还原她，然后怀着崇敬宝爱她。

二

依年谱之名，我们大体可以设想三个关键词："竺可桢""国立浙江大学"和"1936—1949年"。它们不同侧重的排列组合，或可提示本年谱的三大主题。

主题一：长校国立浙大时期的竺可桢

非常时期空降浙校的竺可桢，除了艰危岁月里率校西征，非常条件下潜心办学，十三年如一日尊师爱生，全年无休任劳任怨，将一所毫不起眼的地方高校，引领成广受赞誉的"东方剑桥"……这一切自有实证随处可见；而更值得珍视者，当有他就任前的犹疑、任期内的纠结和卸任后的长怀关切，诸种复杂、真实的心理和细节，在日记里呈现得自然真切。年谱有什么理由不将这样的细节刻录下来，以助力我们对一代大学校长更真实的还原、更立体的研究呢？

竺可桢（1890—1974），字藕舫，浙江绍兴东关镇（现属绍兴市上虞区）人。中国科学院院士。气象学家、地理学家、教育家，中国近代地理学和气象学的奠基者，中国物候学创始人。1909年，竺可桢考入唐山路矿学堂（今西南交通大学）学习土木工程。1910年庚款留美，入伊利诺伊大学农学院学习。毕业后转入哈佛大学地学系，1918年获哈佛大学博士学位。1920年秋任教于南京高等师范学校（国立东南大学、国立中央大学、南京大学的前身）。1928年，应中央研究院院长蔡元培之聘，任中研院气象研究所所长。1934年，与翁文灏、张其昀等共同发起成立中国地理学会。1936年4月，在兼任气象所所长的同时，竺可桢出任国立浙江大学校长，历时十三年整。本年谱记录的就是竺可桢这十三年的风雨人生。

主题二：竺可桢治下的国立浙江大学

比照今天，民国高校一座座都是传奇，一所所都像神话。那种民主精神、科学姿态，那种独立情怀、自由思想，此番现代大学之要义在那个年代已成为高校和高校学人追求的目标。国立浙大的成长，离不开那样一个志同道合之群体、之语境，离不开对那样一种现代价值的共同体认。浙大及其同道者艰难成长的重要关节，自是年谱的别一个记录重心。而竺可桢治下的国立浙江大学，因校长特为家乡的大学拈出"求是"二字做校训，倡导并力行"只问是非、不计利害"的求是文化，为浙大的腾飞导航、护驾；因为校长还为这所学校延揽了大批学人，创设了完全学科，以那个年代所可能有的超豪华"配置"，让国立浙江大学出落成民国高校之奇迹，这一切，更是年谱所在尽心描绘的。

主题三：竺可桢浙大十三年

这十三年是如此特殊，因为其间竟可以有十二年被战火追逐，为硝烟围困，而学校和它们的师生仍是如此淡定、如此从容。他们恍若远离这个世界，教学、科研、社会服务等大学职能几乎未受影响；他们又实实在在地身处其境，在硝烟中一次次经历颠沛流离，一番番感受黯然神伤。战争确乎可以摧毁掉城市、乡村，摧毁掉工厂、田园，摧毁掉众多的生命和文明；但是，竺可桢和他同时代人的选择告诉我们，作为人类最高精神境界的那部分梦想和信念，是任血雨罡风都难以摧毁的。

三

今天回首老校长日记，我们会发现浙大的"成长"是何其艰难。

战争年代高校西迁，是非常时期民国教育部一项顶层设计。抗战军兴两年之际，教育部长陈立夫曾有过一份报告，《抗战二年来之教育》，为我们记下了那个年代中国高等教育的艰辛与努力："战事既起，军运浩繁，各沦陷地点及迫近战区之学校，于舟车供应缺乏之际，幸能抵达内地，恢复课业，西北达陕甘，西南及云贵，中部溯江而上至四川各地，往往在昔日视为交通不便、高等教育未发达地区，今皆成为学府之林，对于内地各省社会文化之演进，裨益甚巨。"

在这次漫长的迁徙中，浙江大学将"求是"文化火种播撒得最为辽远，最为广阔，覆盖了大半个南中国。他们求是启真的勇毅、他们海纳百川的胸襟、他们树我邦国的信念、他们天下来同的情怀，都写在这一趟前无古人的"文军长征"里了。

那是抗战爆发不久，靠近前线的国立大学中，国内显示度最高的几所高校，中央大学、北京大学、清华大学，基本第一时间就撤离原址。1937年10月，北大、清华、南开西迁至长沙，组建了国立长沙临时大学，半年以后的1938年4月，长沙临时大学迁至昆明，成为赫赫有名的西南联大；中央大学亦于同时一步到位迁抵重庆，借址重庆大学异地开张；"朝中有人"的武汉大学也不一般，虽本就远离前线，可迟至1938年3月西迁，也是择定乐山不松手，无论如何损失都被降到了最低。但像同济、复旦（私立）和浙大这样"非主流"的东部前沿学校，西迁路程各自规划，就相对辗转和漫长了。与浙大相似，同济大学是从上海江湾搬迁至浙江金华、江西赣州、广西八步、云南昆明而四川李庄，复旦大学也是经江西庐山、贵州贵阳而重庆北碚，都是历尽波折。

倘以部拨经费来衡量，当年浙大在全国高校的地位也比较尴尬。1936年，竺可桢接手浙大的一个条件，就是浙江大学每月经常费由国库拨六万元，加上省拨一万元，保证全年经常费七十六万元，用于支付教职员薪资、购置仪器书籍和日常办公支出等。这其中，教职员薪资通常占到60%以上。当时，这一经常费数额排在武汉大学之后，更遑论中央大学、北京大学、清华大学了。所幸临时费可随时申请，比如建筑费、搬迁费、外文图书费、学科增量费、借读生补助费、学生贷学金等等，名目不限，合理即可。竺可桢为浙大跑得最多的就是这类经费。

钱不多，路周折，战乱环境下，大学能维持，文化种子能存续，就已经是对社会莫大的宽慰和贡献了。而浙大在定居遵义、湄潭后"报复性"的壮大，气象学家校长和他的团队积蓄已久的能量的厚积薄发，不得不让人刮目相看。抗战八年，国立浙江大学从一个国内二三流学校，一跃而跻身世人瞩目的杰出大学。

这一切，自然跟一位领袖有关，跟一位大学的引领者有关，跟他坚守的教育理念、设计的人才培养制度和始终执行的民主治校原则有关，当然还包括他个人的人格魅力：基于坦诚、无私、正直和富于同情而产生的威仪。

浙大经年，他也是在犹疑、摸索中行进。1936年初，当得知被举为浙大校长，他的第一反应是"不愿就"，不接受，因自己一不善侍候部长、委员长之类，且亦不屑为之；二为时局如斯，万一半年内战事发生，则不免悬心吊胆；三即使受命，亦以半年为期，而半年之内则难看见成绩，加之一辈子都不愿放弃的气象研究，浙大这一官半职实在没有多少吸引力。可惜后来万难抗命，便生生主张三条，条条不容商量：财政须源源接济；校长有用人全权，不受政党之干涉；时间以半年为限——折射出典型的"浙东人的硬气"。

此后的日子里，前两条，他的所有提议、方案都得到了尊重，获得了实现；唯第三条，显然遭到各种"无赖"和抵制，结果是被动地或主动地，他长校浙大整整十三年。

这或是他的不幸，但确是浙大之幸。他治大学如烹小鲜，力量使在刀刃上，不仅巧妙调动师生的积极性、创造性，而且四两拨千斤，谈笑间让学科走上合乎规律的永动轨道，让浙大拥有"东方剑桥"的至上荣耀，自然而然，了无刻意甚至不着一痕。当然，他全身心扑在学校里，经常年节都不休息；他甘做"浙大保姆"而无怨悔；他广揽人才，亲勘校址，事无巨细，亲历亲为；他坚持原则，公平公正，只问是非，不计利害；为洁净校园环境不受政党之干涉，他不惜开除他宝爱的学生⋯⋯

是时候向老校长"偷"一点治校养学的智慧了。

四

在体例上，本年谱依循一般简谱编写方式，依年、月、日顺序，以竺可桢行止为中心，较全面地展示他长校浙大期间，发生在校园内外的重大事件。在材料取舍上，着重体现这样几个侧面：一、西迁行踪，二、办学理念，三、大学职能，四、心路历程。

西迁行踪。这是竺可桢时代的历史宿命。往小里讲，这一段历史与浙大相关，与竺校长相关，与时在浙大的每一位员生相关，是那个年代校园师生共同绘写的人生大戏和大学传奇；从大里说，则又关乎和折射着国家、社稷的运命和走向。所以，年谱对左右浙大几度播迁的各种战事进展、筹备规划、会议协商、上下疏通、犹疑困惑、艰辛曲折，都尽可能地据实以录，不留死角，不作隐藏，以完整还原这段历史的光荣和梦想、坚执与苦难。可以肯定地说，一部《竺可桢浙大年谱》，同时也是一部简明完整的"浙大西迁史"。

办学理念。竺可桢时代的浙江大学，一直挣扎在动荡而惨酷的战争阴影中。不断的迁徙和奔波、持久的外侵与内乱，无论安稳富庶还是民不聊生，无论平和清净还是被搅得鸡犬不宁，都毫不影响竺校长在他长校的十三年里，始终信奉独立思想，始终坚持民主治校，始终倾听教授、学子的心声和意愿，始终以"求是"校训烛照一届届浙大学子，鼓舞他们探求真理的勇气和才能，培养他们"只问是非，不计利害"的人格与精神。这是一所大学的生命和要义所在。没有了独求其真、独问其是的勇气和才能，一所大学也就背弃了它成其为大学的科学精神和社会道义。于是，那些大学里各种以教授为主体的校务机构，各种以学生为主体的自治团体，他们的会议和活动、理念和做派，他们在浙大成长过程中承载的作用与使命，无疑是当今大学最可资镜鉴的精神财富。

大学职能。抗战期间全国各高等院校西迁北征，各校都不仅壮大了办学规模，强健了师资队伍，扩大了生源范围，而且将科学和民主的精神和文化，播散到高等教育原本有所不逮的中西部地区，客观上使中国的教育版图更趋合理，教育成就也几几乎空前绝后。尽管过程和方式有些让人不忍。断续西行五千余里的国立浙江大学也是同样。即便战火纷飞，即便警报空袭，学校的教学时数、教学质量，基本不受影响，师生们更明确了教育建国的目标和科学研究的动力。与此同时，各大学的文化传承和社会服务工作亦开展得如火如荼，年谱中，浙大在各地都留下了办民校、募捐款、筹义演、助农技，以及劳军、筑堤、修桥、垦荒等记录，彰显着一种和谐天然的校地关系。

心路历程。日记记主在日记写作时并未有昭示世人之初衷和被人群窥探之隐忧，故大多数时候真实而少掩饰，是历史事件还原和历史人物研究的上好史料。日记里的竺校长是一位理智平和之士，大多数时候，他的日记冷静客观，鲜有对人对事的品评和揣测；但日记毕竟是私密的，竺校长日记里也不乏对自己的解剖，对同仁的臧否，对事件的批评，包括延揽名师的急迫，处置学子的矛盾……从中传递出一个民国知识分子真实丰富的心灵世界。以竺可桢这样一位足以彪炳史册的大学校长而言，在年谱中摘要其心理波澜，其隐喻的历史信息应该是微妙而引人关注的，或亦能昭示出历史的某种吊诡和深密。

五

编年谱是一个力气活,只要舍得花工夫,谈不上什么技术含量。一年有半做下来,我对此也深有体会:编个年谱,无非就是查资料、查资料、查资料……

首先是档案资料。那些沉睡在档案馆里的文书,包括各类往来公文、请示报告、典章规制、电文书信,等等,从它们所透露出的细节,依稀可以还原当年人们的工作和生活。查探档案,其难度或在于两点,一是从海量的档案文书中发现有效信息,二是尽可能搜索不同收藏地的档案。在档案收藏远未能实现资源共享的今天,实地探访、亲眼过目,肯定是大有必要的。老校长当年率校西征所抵达的每一个市县,或都留存有相关档案资料。2016年年初的龙泉、芳野、松溪一行让我的这一执念得到了验证,当地档案馆、纪念馆的确收留有不少竺可桢时代国立浙江大学的办学信息,这年暑期长达5200公里的西迁之旅更让本年谱的编撰收获不少。

其次是书籍报刊资料。前面说过,本年谱最大的幸运是始于1936年、始于长校国立浙大之年的竺可桢日记保存如此之完好(仅管前此十年的日记已湮灭于战时)。这几乎让竺校长当年于浙大的言动、作为、思想、情感有了最真实和可靠的依据,径直抄录,就将是一份完整的年谱。当然,为避免单一视角可能造成的盲区,查阅当年各地报刊、书籍,掌握更客观全面的资料，自是年谱编撰的题中应有之义。

当然，后来发现，以我一己之力和有限的工余时间查阅全部可能含有相关线索的书刊资料，几乎是一项不可能完成的任务。于是，我的参考书目遴选就变得无比苛刻，基本上仅限于这样几大类：一是竺可桢长校浙大十三年间的民国重大历史事件实录资料，如南京第二历史档案馆档案和当年出版物翻印的《民国史料丛书》；二是国立浙江大学当年出版的各种校刊、学术杂志、学生刊物；三是各地报刊，包括《东南日报》这样的地方媒体，或《申报》《大公报》这样的有影响力的媒体；四是竺可桢时代浙大学人的全集、文集、文选和后人为他们编撰的年谱、年表，尤其他们当年的日记、书信和中华人民共和国建立前撰写的回忆录；五是国外以及中国香港、台湾地区浙大校友的回忆和纪念文集，等等。仅仅是这样偏狭的几类，我需要查阅的文字想也是数以亿计的，那个《民国史料丛书》就有皇皇1128册！所以一目十行、百行，一天翻阅十几、几十本书都是常态；也所以，遗漏或者误植就万难杜绝。

另外，报刊查阅之难，也有出乎想象的地方。比如校长日记中提及的一些书目线索，今天再去查找，难度极大。当年竺校长曾阅读过两位浙大外教寄赠的记录浙大西迁的出版物，其中发表在《亚洲》1939年第一期上的 *A University on the March*（《一所前进中的大学》），通过浙大图书馆馆际互借部多方辗转，终于找到了原文（译文登于校刊）；另外一部书就没这等运气了，不仅在大英图书馆没找到书目记录，托浙大驻英大使查阅当地地方图书馆，也没有线索，很可惜，那本书——*Our Wartime Adventure*（《战时历险记》），想必是失传了。

  再次是实地探访和取得当事人口述资料。骨子里，我还是一个感性多于理性的文字工作者，多年来基于文学阅读练就的直感，让我更信赖自己的联想和判断。所以，冬天里走在浙南闽北山间实地探访，见到活生生的山水、植被和保留下来的建筑、风情，颇有助于我们对历史现场的想象和还原。尽管年谱不相信情感。后来，建德、吉安、泰和、宜山、遵义、永兴、湄潭……浙大诸西迁之地在2016年暑期被一路打尽，次年寒假，还到过广州三水那片奇丽的水域，西天目禅源寺也曾专程前往。在浙大诸办学地查找资料，还原现场，实地探访，亲临察看，甚至直笔校录，在我看来，只有这样才能让人心安。这其中最可宝贵的，是这一段并不漫长的历史，还能留给我们如此多的证物、证人，为过去的历史提供佐证。

（载《竺可桢国立浙江大学年谱（1936—1949）》）

蒋百里

蒋百里在宜山

生命中最后的五天

1938年11月4日,浙大师生在宜山集结不久,校长竺可桢便在日记里记下了一个让人惊骇的事实:"上午蒋百里来。晚十点百里患心脏麻痹去世。"

这像是第二天补记的。因为这一天竺校长日记里的叙述像往常一样平静:

> 十一点蒋百里来。渠因病耽留此间四天,幸得周仲奇医生为之打 Ephedrine 黄麻素,得以痊可,将于明日赴遵义陆军大学。据云现有学生三百人,拟请晓峰前往作短期之演讲,余亦请其来校讲演,并另邀军事教官来讲军事学。

第二天的日记才详述细节:

> 八点至工读学校。遇徐谷麒,谓蒋百里已于昨晚在乐群社病故,因心脏麻痹之症云。余闻之若青天霹雳,

> 即往乐群社晤蒋之遗孤……据其日本夫人云，昨晚七点晓沧往晤谈，走后，陆军大学教育长周亚卫到，时蒋已上床，坐谈数十分钟后入睡。至十点，忽闻痰涌声，推之不动，用电烛照之，则口吐白沫，知病剧，急召医，则用人均睡，至10：40周仲奇去时，心脏已停矣。

1938年9月15日，国民政府军事委员会任命蒋百里为陆军大学代理校长。陆军大学是国民政府培养高级参谋和指挥军官的最高军事学府。广义地讲，1906年创办于保定的陆军行营军官学堂（保定军官学校）和1927年后暴得声名的黄埔军校都可以认作陆大的前身。抗战军兴以后，高级军事人才培养更是当务之急和举国之重，国民政府将蒋介石兼任21年的陆大校长这一职位授予蒋百里，可见对他的信任与器重。在担任代理校长的一个月时间里，蒋百里为学员作了四次演讲，其中包括两次专题演讲（《参谋官之品格问题》《"知"与"能"》）和一次国庆纪念会报告。

1938年10月下旬，武汉保卫战接近尾声，自南京迁来长沙的陆军大学，亦因空袭频仍影响教学，奉令举校撤往贵州遵义。蒋百里委托教育长周亚卫负责随校西迁，自己则取道湖南衡阳，与香港赶来的家人汇合后，经广西桂林北上遵义。在衡阳，蒋百里感觉心脏不适，心跳一度达每分钟102次。

10月24日，蒋百里一行抵达桂林。在夫人左梅坚持下，蒋百里在此停留，稍事休养。27日，应省政府主席黄旭初之邀，为省政府官员作《半年计划与十年计划》的演讲，提醒广西各界"应针对时间的需要，不必高谈阔论""应切合本省的环境，不可盲目仿效"。这一天，蒋百里还访问了自武汉来桂林的乡人张宗祥，并由张宗祥带路寻医问诊。医生诊断其心脏确实有恙，但不甚危险。始终惦念着西迁中陆大师生的蒋百里放下心来，说服左梅加紧赶往遵义，与师生们汇合："一天不到校，我的心一天不安。我们到遵义再静养不迟。"

10月28日晨，蒋百里动身离桂林，无奈路上身体虚弱，冷汗涔涔，被迫在柳州歇息一天。30日再行出发，路上却又大汗不止，自知病入膏肓，只能吩咐"前面有屋即停"。就这样，停停走走百余公里后，蒋百里进了宜山城，在这里度过了生命中的最后五天。

当时的宜山城，地偏人却多，包括浙大和中央军校第四分校等在内的许多机构、单位都西迁至此。县城里最大规模的省政府招待所乐群社尽管设施简陋，亦已人满为患。一位学生腾出一间房来，蒋百里一家才有了落脚之地。左梅还请来县政府医生为打吗啡，以减轻痛苦。

10月31日，浙大校医周仲奇来诊。周医生有位朋友，害了同样的病，打了一针黄耆针（麻黄素针），从此终生不发。左梅听校医讲打针至少是无害的，便接受了这个建议。而且用药后，患者本人也感觉好了很多。但当时周仲奇曾嘱咐，打针以后病人会大量出汗，而蒋百里并未发汗，跟校医讲的似有所不同。好在蒋百里的病情又确乎在好起来。

每天，中央军校和浙大都有很多师生前来探病，使夫人左梅无暇看护。蒋百里约请欲来探病的两校师生11月3日上午来乐群社集合。这天上午，从8时到12时，蒋百里向师生们作了一次长时间的讲话。面对这些未来的军人、国家的栋梁，蒋百里的精神不自觉地兴奋起来，直到中午时分，才命学生退出。

11月4日，在宜山的第五天，渐渐恢复体力的蒋百里执意要继续赶路，觉得在宜山多住一天，就放弃了一天的责任。看到丈夫去意坚决，夫人左梅答应第二天启程，继续西行。

这天上午11时，为致谢和叙旧，求是书院老校友蒋百里往访浙大校长竺可桢。这一场蒋竺之会必别有情意。两人也谋划了许多两校可能的训育和教学合作，包括陆大请张晓峰作短期演讲，浙大亦请蒋百里作军事演讲，并请陆大教官开授军事学课等。

晚7时许，浙大教务长郑晓沧往访蒋百里，他乡遇故，分外亲切，两人畅谈近两个小时。

郑晓沧别后，蒋百里吃面洗澡就寝。其后，刚抵宜山的陆大教育长周亚卫知代校长下榻乐群社，赶来汇报学校迁移情况。蒋百里在床上听取汇报，十数分钟后，周亚卫亦告退。

夜10时，蒋百里突然痰咳阵阵，呼之不应，且瞳孔散大。情急之中，左梅再召浙大校医周仲奇。10时40分，周医生赶到，而蒋百里已去世："蒋先生已经走了，他患的是心脏麻痹症，我早来也救不了他。"

噩耗传出，全国为之震悼，政府和地方当局派员襄办丧务。竺可桢等亦就其后事多方奔波。11月19日，宜山各界在宜山党部大礼堂公祭蒋百里，蒋介石派军训部次长黄琪翔主祭，宜山县长和竺可桢等陪祭，晨8时许出发往宜山南门外南山寺之鹤山墓下葬，有仪仗及军乐作先导。12月28日，重庆各界亦举行公祭，蒋介石亲临主祭，《中央日报》《大公报》都出特刊追悼。1939年3月22日，国民政府明令褒扬，追授其为陆军上将。

抗战胜利以后，应家属要求，浙大校务委员会议同意将早年校友蒋百里遗骨迁葬浙大凤凰山万松岭公墓。于是，在浙大校长竺可桢、浙江省政府主席陈仪等人的多方努力下，十年以后的1948年11月17日，蒋百里灵柩抵杭州城站。11月20日上午10时半，竺可桢偕苏步青、张其昀、郑晓沧等赴万松岭凤凰山之敷文书院，参加蒋百里下葬典礼。灵柩被安葬于敷文书院"孔子像台坡下面花坛上"。入穴后浙大同人设祭，当得知宜山起棺时竟尸身不朽，竺可桢叩曰："百里，百里，有所待乎？我今告你，我国战胜矣！"一时众人泣不成声。

"天生兵学家"

蒋百里（1882—1938），名方震，字出《周易·震卦》"震惊百里"，以字行。海宁硖石人。民国时期中国颇具传奇色彩的军事学家。不曾带过一天兵打过一天仗，却是各届政府的军事顾问。尤其他亦文亦武的才华，堪称绝世。1898戊戌变法那年，16岁的蒋百里考中秀才；1900年春，蒋百里赴杭州，入读林启创办的求是书院，为当年"求是第一班杰出人才也"，并与钱学森之父钱均甫为室友，后来成了儿女亲家；1901年，东渡日本留学，进入东京士官学校，结识挚友蔡锷，蔡锷之"要革命，笔杆不如枪杆"的观点，促使蒋百里投笔从戎，终生献身国防；四年以后的1905年，蒋百里以日本陆军士官学校步科第三期第一名毕业，轻松摘得日本天皇佩剑；1906年留学德国，在德国第七军充当实习连长；1910年回国后，曾任京都禁卫军管带、浙江都督府参谋长、陆军部高等顾问和总统府军事参议等；1912年，出任保定陆军军官学校校长。

保定军校半年，蒋百里把许多西方军营的做法引进军校，整顿人事、军纪，改革教学内容，同时，也将自己的办学思想付诸实践。在他的治理下，保定军校面貌大为改观，但另一方面，自然也引起了旧军人的忌惮和不能相容。1913年6月，因段祺瑞政府迟迟不给学校拨款，蒋百里亲自进京交涉，未想没有结果；致电袁世凯要求辞职，袁世凯又不批准。回校次日，6月18日凌晨5点，蒋百里召集全校两千余名师生紧急训话，他着军服佩战刀踱出尚武堂："我到本校后曾经教训过你们，我要你们做的事，你们必须办到；你们要我做的事，我同样也要办到。你们办不到，我要责罚你们；我办不到，我要责罚我自己。现在你们一切都还好，没有对不起我的事，我自己不能尽责，是我对不起你们！……"说完便返身跨进办公室，掏出手枪，瞄准自己胸部偏左的地方猛开一枪。好在据说穿胸而过的子弹连他的肋骨都没擦到，在养病期间他还赢得了看护他的日本女子的芳心。这位日本女子后来改名蒋左梅，成为蒋百里第二任妻子，并相伴终生。

1931年"九一八"后，蒋百里发表了一系列文章，吸取中国古代军事思想和西方军事理论，通过阐述"国防与经济"等的关系，说明"战斗力与经济力是不可分的""国防建设必须与国民经济配合一致""强兵必先理财"等道理，探讨和研究作为一个经济力量薄弱的农业国如何抗击日本军国主义侵略的新型国防理论，并在中央航空学校、庐山军官训练团等处作讲演，反响强烈。

1937年全面抗战伊始，蒋百里即将《国防经济学》《最近世界之国防趋势》《从历史上解释国防经济学之基本原则》《二十年前之国防论》《十五年前之国防论》《中国国防论之始祖》等七篇相关文章、演讲及其他相关著述整理结集成书，题名"国防论"，率先在庐山军官训练团印行。在书的扉页上，赫然印有"万语千言，只是告诉大家一句话：'中国是有办法的！'"一语，极大地提振了国人的抗战信心。

这部军事著述集中体现了抗战期间中国军队最重要的战略思想和指导依据。蒋百里认为，中国是松散的农业国，没有要害可抓，故抗日须以国民为本，打持久战，以空间换时间。这是《国防论》的核心立场和观点，是中国八年全面抗战最基本的战略思想，即"持久战"。同时，这部书据称也是艾森豪威尔等知名将领研判国际局势经常引用的经典。

1938年11月，抗战风云正烈，"持久战"理论也正经历着信念和时间的检验，惜百里竟撒手西去。

陶菊隐在《蒋百里先生传》中有称："百里先生以一介书生，受中东、日俄两役的刺激，才决心弃文习武。他一生以国防为其中心思想，以建军工作及军人之精神为其不二职志，绝无个人权位之私，不愧关心国家安危的民族先觉。"[①]

这是作为"兵学家"的蒋百里。

"亦是天生文学家"

显然，作为兵学家，蒋百里并非"生而知之"；同样，作为文学家，蒋百里也远非"天生"的，虽然他最初是作为"一

---

① 陶菊隐《蒋百里先生传》第1页，《民国丛书》，上海书店1989年版。

介书生"驰名于世。

若要追索渊源，书香家学自然是影响甚巨。祖父蒋光煦是著名藏书家、刻书家，在海宁有"别下斋"藏书楼一座。海宁别下斋与瑞安玉海楼、宁波天一阁、南浔嘉业堂合称浙江四大藏书楼。蒋百里自幼浸淫其中，表现出过目不忘的天赋。母亲也通文墨，爱好诗文，给了蒋百里良好的启蒙。

后来，蒋百里赴日留学，入读日本陆军士官学校，似已弃文从武。但在日本，蒋百里被选为中国留日学生大会干事，组建旅日留学生"浙江同乡会"，1903年2月，还与留日学生一起创办《浙江潮》，撰写声情并茂之《发刊词》："可爱哉！浙江潮。挟其万马奔腾、排山倒海之气力，以日日激刺于吾国民之脑，以发其雄心，以养其气魄。二十世纪之大风潮中，或亦有起陆龙蛇，挟其气魄，以奔入于世界者乎……"可谓掷地有声，壮怀激烈。刊物受到时同在日本留学的鲁迅的支持，其《哀尘》（译作）、《地底旅行》（译作）、《斯巴达之魂》（文言小说）和《中国地质略论》（科学论文）等即发表于此；章太炎先生《狱中赠邹容》（《浙江潮》第7期）更是万人争诵。《浙江潮》一时声名鹊起。

也是在此期间，蒋百里结识了戊戌后亡命日本的梁启超，并执弟子礼。1919年投身五四新文化运动后，蒋百里是梁启超在北京创办的三大新文化推进机构——1920年4月成立的欧美同学会民间学术机构"共学社"、松坡图书馆"读书俱乐部"和9月成立的中西文化交流组织"讲学社"——的实际主持人。他主编共学社《改造》杂志，精心策划了关于新思潮、废兵问题、自治问题、教育问题、军事问题、社会主义等的九大研究专号，宣扬温和的社会主义，主张脚踏实地的社会改良。杂志销行全国，几与《新青年》齐名；他一度醉心学术研究，倾注大量心血，收集政治、经济、军事、文艺等各类文稿，编辑出版《共学社丛书》。其欧洲考察中记录的法国名流讲演亦被整理成《欧洲文艺复兴史》，由共学社出版。梁启超为之作序，落笔竟"奔腾而下，不能自制"，洋洋五万多言，只好另作短序；而该长序被梁本人改写、充实，取名"清代学术概论"另行出版，并请蒋百里作序。如此机缘，可谓民国学术界一大佳话；而作为讲学社总干事，他与同仁们一同敦使聘请到国际著名学者如杜威、罗素、泰戈尔等来华讲学，并负责接待、陪同访问，为促进东西方文化交流起到了非常积极的作用。

蒋百里后来参与创建文学研究会和新月社，与创造社郭沫若、郁达夫等也多有交集，或许也是基于这样的文采和学识。蒋百里是新文学时期成立最早、影响最大的文学团体"文学研究会"的十二个发起人之一。在文研会创办初期，人脉宽广的蒋百里对沟通文研会和出版界、政界起了良好作用。因为蒋百里的关系，文学研究会得借石达子庙欧美同学会礼堂召开会议，且在偏重政治的"研究系"主办的上海《时事新报》和北京《晨报》等报刊占得一席副刊阵地，以致后来被创造社指摘为"好和政治团体相接近"。1924年初春，为欢迎访华的泰戈尔，松坡图书馆主任蒋百里与徐志摩一起，在石虎胡同七号松坡图书馆院子里挂出了"新月社"的牌子——这或是新月社这个一度散漫的新诗团体从非正式的沙龙聚餐发展到正式"挂牌营业"的肇始。1938年8月，蒋百里最后一篇"有光芒使敌胆为寒"的"结晶文字"（黄炎培语）《日本人——一个外国人的研究》在汉口《大公报》连载，轰动江城，蒋百里也被誉为"抗战文坛健将"。

这是作为"文学家"的蒋百里。

今天看来，1938年的蒋百里只是路遇宜山，却不想在这里托付了终生。冥冥中，这或许也是他与浙大的奇缘罢——早年从"前身"求是书院走出，如今却难舍"今世"之宜山浙大。浙大让百里走向传奇，百里也成为百廿浙大一道永恒的记忆。

（载2019年4月11日《河池日报》）

马一浮

马一浮在宜山

"旅泊同三界，流离惜此辰"

1936年5月6日，新长浙大、尚未正式行礼宣誓的竺可桢，辗转找到马一浮弟子寿毅成，希望"始终未至大学教书"的马一浮能就浙大国学讲席。为此，竺可桢还曾在5月24日、7月17日两次专程面晤马一浮。但是，因为不够充分的沟通和不够谨慎的理解，浙大与马一浮的首度互动结果令人遗憾。

通常所说的"20世纪30年代"，可以指1927年南京国民政府成立到1937年卢沟桥事变爆发这十年。这是近现代中国政治、经济史上一个特殊的历史时期。一方面，中国经济高速发展，各地建设日新月异，故史有"黄金十年"之说；另一方面，五四新文化运动开展已逾十年，传统文化出现断层，而启蒙文化又日渐式微，经济发展所依赖的工业主义、实用主义思想，工业救国、实业救国理念，渐成社会主流。国立浙大以工学院、农学院立身，自然更倚重实用主义、科学主义的工业教育、农业教育，尤其在竺校长前任郭任远长校时期，"办学完全为物质主义"，"事事惟以实用为依归"，可见问题之显在。文理学院内部发展亦颇不平衡，物理、数学人才济济，王淦昌、束星北自是浙大物理学璀璨夺目的"双子星"，苏步青、陈建功亦开启了学界知名的"陈苏学派"时代；而与之不能匹配的是，浙大文科长期以来师资孱弱，"国文竟无一个教授，中国历史、外国历史均无教授"。可见文史课程存在师资缺乏、课程不均、研习不精等诸多问题，学生所受文史教育和训练显然不够充分。

马一浮面对的就是这一特殊历史时期的大学生。以马一浮的国学功底和学问积累，他对30年代大学生的知识结构整体评价不高。在他看来，这一代大学生正是废科举、新文化运动以后出生成长受教育的年轻人，相比于前辈，他们的知识储备、文化谱系发生了巨大变化，甚至话语方式都迥然有异。有称，"近二十年来中国学术上的主要潮流是科学发展"，向这样一个群体讲授国学，"生而知之"（弘一法师语）的马一浮或颇有"嘉谷，投之石田"的顾虑。1936年他对王子余讲："今日学生皆为毕业求出路来，所谓利禄之途然也，不知此外更有何事。"[①] 当年设计《大学特设国学讲习会之旨趣及办法》时，马一浮甚至直接规定了讲习会的准入原则，其中一条就是"其未读《四书》者不与"。

1936年马一浮之不就浙大，部分的原因或跟这样一种

---

① 《马一浮先生》第二册（上）第464页，浙江古籍出版社2013年版。

认知和担忧相关,"群迷不悟,只增悲心"。

但战争改变了马一浮。

战争让读书人失去了安静的书桌,失去了知识分子惯有的矜持与自尊,转而奔波于田畴人际之间。在轰炸频仍、满目疮痍的日常居住环境中,马一浮走出书斋,迁徙流离,开始接受现实世界之无情、无奈和无常。

卢沟桥事变后,日军长驱直入。1937年秋,马一浮离开杭州,次年1月15日自桐庐附船至建德,22日抵开化。在开化,1938年2月12日,拖家带书又身受离乱之苦和迁徙之难的马一浮想到了此时离开化不远的竺可桢,思量良久,终去一信,讲到自己的"流离"和"所望":

> 自寇乱以来,乡邦涂炭。闻贵校早徙吉安,弦诵不辍。益见应变有余,示教无倦,弥复可钦。弟于秋间初徙桐庐,嗣因寇逼富阳,再迁开化。年衰力惫,琐尾流离,不堪其苦。平生所蓄,但有故书,辗转弃置,俱已荡析。……因念贵校所在,师儒骈集,敷茵假馆,必与当地款接,相习能安。傥遵道载驰,瞻乌爰止,可否借重鼎言,代谋椽寄,使免失所之叹,得遂相依之情。虽过计私忧,初不敢存期必,然推己及物,实所望于仁贤。幸荷不遗,愿赐还答,并以赣中情势,及道路所经,有无舟车可附,

需费若干，不吝详告……①

竺可桢许是20日接到此函，不敢耽误，遂复一电，博学硕望马一浮即被浙大聘为国学特约讲座。"平生杜门著书，未尝聚讲，及避寇江西之泰和，任国立浙江大学国学讲席，始出一时酬问之语。"这是马一浮一生中唯一的"往教"履历，也成就了浙大历史上一段光荣的传奇。

这个时候，马一浮一定以为混沌可以产生秩序："吾来泰和，直为避战乱耳，浙大诸人要我讲学，吾亦以人在危难中，其心或易收敛，故应之。"②这个时候，他颇寄厚望于浙大诸生："只患不能感动诸生，不患诸生不能应。若诸生不是漠然听而不闻，则他日必可发生影响。"③马一浮多次提到，读书是为穷理，穷理则能致知，以应"吾心本具之理"。马一浮欲借六艺国学引导年轻人摒弃实用主义的现代工业观，而回归对文化根本、对人自身和本心的关注。于是，出山讲学就成了这个时候他躬体力行的一种重要方式，并被他视其为儒者分内事。

---

① 《马一浮全集》第二册（上）第529页。
② 《马一浮全集》第二册（下）第796页。
③ 《马一浮全集》第一册（上）第3页。

"讲肆云初集，蛮陬俗未驯"

马一浮"三月杪到赣，四月九日起在本校讲学。三阅月中，讲阐六艺大旨，继说义理名相，谆谆以反躬力行诲人，受教者多所感发"。在泰和，马一浮讲学十一次，后来结集为《泰和会语》，先后印行于绍兴与桂林。

一个学期后，学校在炮火声中再度西迁。马一浮亦于9月离赣，"随校逾岭入桂，复滞留宜山"。当10月底马一浮初抵宜山，浙大已为他赁就寓居，且与张晓峰、郭洽周比邻相望，"可以时接清言"，这让老先生喜而赋诗。其后马一浮便继续向师生讲阐六艺要旨，学生自由听讲，讲余谈学论艺，课后亦常有登门求教者。

《国立浙江大学校刊》复刊第1期有《马一浮先生继续讲学》一文，记马一浮当年讲学盛况：

> 本学期第一次系11月23日下午在第十八教室开讲，莅听者百余人，竺校长、郑教务长、梅副院长、国文系郭洽周、物理系张荩谋、史地系张晓峰诸先生皆参加听讲。

> 30日下午第二次讲演，学生以外，教授参加者仍十余人。

> 另定每星期六下午三时后为讨论时间，好学之士得踵先生寓斋就教，借以质疑问难，多资启导。（先向国文系郭主任接洽，每次暂定6人为限。）闻最近宜山各界向学之士，慕风前来听讲者，亦有多人云。

百余人莅临听讲，称得上盛况空前。要知道11月14号宜山学校开始上课那天，二、三、四年级注册学生仅320余人。

马一浮以为一切学术皆统于六艺，而六艺之本在乎"吾心自具之义理"。其学术思想中最核心的这部分精髓正是在泰和宜山，在浙大讲堂上形诸文字、形成体系的。后来收入《泰和宜山会语合刻》的宜山演讲，包括《说忠信笃敬》《释学问》《颜子所好何学》《论释义》《说视听言动》《居敬与知言》《涵养致知与止观》《说止》《去矜》等九讲。

讲学浙大，马一浮所享的礼遇是崇高的。梅光迪在写给家人的信中，有过这样一段描述："我们为他找到这里最好的房屋，以其他任何地方的教授都梦想不到的礼节接待他。……学校私有的两辆黄包车之一，为他随时待命。路程稍长，竺校长的汽车就成了他的座驾。"[①] 讲座过程中，梅光迪还制定了听讲师生必须严格遵守的规则："（1）在马先生进入教室的时候，我们必须起立，直到他坐下为止。（2）他们不能制造任何噪音，如谈话或咳嗽。任何违规者将会被

---

① 《梅光迪文存》中卷"家书集"第406页。

立即赶出教室。(3)在讲座最后,当演讲者站起来要走的时候,他们都要起立,并且站在原地直到他走为止。"[1] 据称,所有这些原则都完全被遵守,教室里保持了绝对的安静。

但是,在马一浮写给友人的信中,呈现的却是另外一番模样:

> 弟每赴讲,学生来听者不过十余人,诸教授来听者数亦相等,察其在坐时,亦颇凝神谛听,然讲过便了,无机会勘辨其领会深浅如何,以云兴趣,殊无可言。其间或竟无一个半个,吾讲亦自若。[2]

两相对读,差别不小。当然,以马一浮的精深专研,教师和地方"向学之士"的热情高过学生,似亦不足为奇。学生们对马一浮之言义理名相、心性六艺殊无兴趣,而常去听讲的几位教师,梅光迪、郑晓沧、张其昀、郭洽周、张荩谋、贺昌群、李絜非、王驾吾等,其各自的学术方向后来亦未发生转型。梅光迪看到,"马在熟知中国文化的所有中国人中,享有至高的声誉和尊重,但是他完全不为普通公众和年青一代所知"[3]。这是一个无奈的事实。或许,马一浮的影响更

---

[1] 《梅光迪文存》中卷"家书集"第409页。
[2] 《马一浮全集》第三册(上)第480页。
[3] 《梅光迪文存》中卷"家书集"第406—407页。

多是在精神层面，就如贺昌群所感慨者，其讲学论道、诗词唱和，能让人在这家愁国恨中，寻到"忘生死，齐物我"这样一种"人生至高的情绪之和乐"境界。

马一浮泰和、宜山讲学期间，竺可桢日记里各有两次聆听讲座的记录，分别是1938年的5月14日、5月28日（以上泰和），11月23日、11月30日（以上宜山）。作为一校之长，能多次前往聆听同一门课，足以说明其重视程度，但他亦感叹"惜马君所言过于简单，未足尽其底蕴"。

任教浙大期间，马一浮留下了诸多诗篇，与浙大学人亦多有诗词唱和。宜山第一学期结束后，马一浮受命创设复性书院。1939年1月下旬，马一浮作《将去宜州留别浙大诸讲友》，借以怀念能容师子并坐之"丈室"，也流露了"云自无心任去来"的复杂心境。2月8日，马一浮别宜山西行赴渝，主持复性书院于嘉定，结束了他在浙江大学的讲学生涯。

"兰芷熏常在，云雷象始屯"

因"目睹战祸之烈，身经离乱之苦"，因周遭遍布的流俗、庸习，马一浮总是怀抱更深更远的忧虑："吾国固有特殊之文化，为世界任何民族所不及。今后生只习于现代浅薄之理论，无有向上精神，如何可望复兴？"[①] 在泰和，马一浮特

---

① 《马一浮全集》第二册（上）第514页。

为浙大学子拈出横渠四句教，"为天地立心，为生民立命，为往圣继绝学，为万世开太平"，以使青年"发扬天赋之知能，不受环境之陷溺，对自己完成人格，对国家社会乃可以担当大事"①，"希望竖起脊梁，猛着精彩，依此立志，方能堂堂的做一个人"②，并期以为己任，以济蹇难，以正精神。

后来他在写给丰子恺的信中这样说："顷来泰和为浙大诸生讲横渠四句教，颇觉此语伟大，与佛氏四弘誓愿相等。……其意义光明俊伟，真先圣精神之寄托。"他请丰子恺找人制成歌曲，"欲令此间学生歌之，以资振作"③，以更通俗的方式传播思想。待萧而化制谱完成，马一浮还将"横渠四句教谱自用石印摹出二百份，一百份与浙大……"④。在1938年6月26日泰和举行的浙江大学第11届毕业典礼上，马一浮不仅尊校长嘱为致毕业辞，还让全校师生首次唱响《张横渠四句歌》，此情此景或令师生们印象深刻。

浙大辗转抵宜后，11月19日，学校总办事处会议厅举行的学期第一次校务会议，到教务长、三院长、总务长、各系主任及教授代表共二十余人，竺可桢主持讨论并决定浙大校训为"求是"，又特请马一浮撰制校歌。竺可桢当晚日记中也作了相应记载："决定校训为'求是'两字，校歌请马

---

① 《马一浮全集》第一册（上）第2页。
② 《马一浮全集》第一册（上）第8页。
③ 《马一浮全集》第二册（上）第514页。
④ 《马一浮全集》第二册（上）第517—518页。

一浮制。"

公推马一浮为校歌词作者，或与马一浮推倡"横渠四句歌"的创意和效果密切相关。泰和、宜山而后，马一浮当是从学术的高塔、楼台走了下来，开始了更"接地气"的人际交往和思想传播，将"学术"致力于"功用"，致力于"开物前民"，致力于"化民成俗"，以使人人"明是非，别同异"，一如他讲六艺，也传"诗教"，并开书院以刻书传习，用更通俗的方式传播智慧，传播守望家园的勇气和信念。

12月8日，不到二十天，马一浮拿出了《大不自多》歌词。当日竺可桢日记有记："三点开校务会议，讨论校歌问题。本校训前次已定为'求是'，校歌由马一浮制成，拟请人将歌谱制就后一并通过。"后又"以陈义过高，更请其另作校歌释词一篇"，也就是《拟浙江大学校歌附说明》。在这篇说明中，马一浮明确表示："学校歌诗，唯用于开学毕业，或因特故开会时，其义不同于古。所用歌辞，乃当述立教之意，师弟子相勖勉诰戒之言，义与箴诗为近。辞不厌朴，但取雅正，寓教思无穷之旨。庶几歌者听者，咸可感发兴起，方不失《乐》教之义。"[1]当然，这款校歌后来还是因"词高难谱"，两年以后的1941年春，方"始获国立音乐院代制歌谱焉"。

校歌为一校精神之所附丽。马一浮《大不自多》歌词分三章，"首章说明国立大学之精神；次章说明国立浙江大学

---

[1] 《马一浮全集》第一册（上）第81页。

之精神，发挥校训'求是'二字之真谛；末章说明国立浙江大学现在之地位，及其将来之使命"。正如郭洽周在《本校校歌释义》中讲的，"一国立大学之校歌，代表一大学及一国之文化精神，事极重大，非同等闲"。

人的秉性精神，断不是一朝一夕能够改变的。尽管马一浮倾力于讲论诗教国学，提振国人心志精神，但在一个集中了各种非常状态的社会环境里，理想与现实的距离还是相当遥远的。马一浮或并未能在浙大实现他传播义理、弘扬国学的初衷，所幸代代相传的校歌已成马一浮寄托心志以"蔚成学风"的良好载体，能从根本上激发一个民族的精神潜能。而尤其在宜山完成这一传世经典，尤其让浙大诸生引领和实现这样一种精神的激荡和传承，更体现了马一浮回馈宜山和瞩望浙大的深重情愫。

（载 2019 年 1 月 17 日《河池日报》）

陈从周

陈从周与之江大学

——写在陈从周先生百年诞辰之际

个人轨迹还原

1935年秋，18岁的陈郁文从杭州梅登高桥两浙盐务初级中学升入位于石牌楼（今建国路）的蕙兰中学（即杭州二中，现为其东河校区），在这里受到严谨、规范的教会学校教育。在陈从周的求学经历中，教会学校是一个不容忽视的存在。那种平和、友爱、细致、温婉的全人教育，是造就他日后博雅、通达的艺术风格的一个重要因素。

在盐务中学和蕙兰中学就读期间，陈从周已经表现出过人的才华。两所学校现存的校刊，《盐中学生》和《蕙兰》上，署有"陈郁文"之名的文字计有《寒假的生活》《冬日》（两文载《盐中学生》1935年第6期）和《爬山》《昙花》（两文载《蕙兰》1937年第8期）等，这些少作均未见收入江苏文艺出版社和浙江大学出版社联合出版的《陈从周全集》。此外，因受到盐务初级中学胡也衲和蕙兰中学张子屏两位业师的点拨，陈从周的绘画才能也在这期间初露端倪，蕙兰期间，他是学校"国画研究社"社长[1]，曾集《国画研究社成

---

[1] 参见《蕙兰》1937年第8期。

绩》画作一组，刊于1937年第8期的《蕙兰》校刊，其中署名陈郁文的有《墨荷》《苍松》和静物写生、素描各一幅，《浙江青年（杭州）》1936年第3卷第2期上则刊有他的《月下竹影》。

1938年9月，陈从周以"同等学力"[①]赴上海就读之江文理学院（此为之江大学于1931年至1948年间使用的校名，以下简称"之大"。抗战全面爆发后，学院易地上海办学）文科中国文学系。四年之江行迹，在夏承焘的日记中多有记载。这四年里，他师从徐昂（益修）、马叙伦（夷初）、钟泰（钟山）、夏承焘（瞿禅）、陈运彰（蒙庵）、任铭善（心叔）诸先生，得到了良好的中国文字和文学训练。夏承焘日记曾称："希珍、毓英、璇庆、郁文近日示各诗词，皆大有进步，为之欣慰。"[②] 仅在《之江中国文学会集刊》，陈从周即发表词（诗）作多首，有《高阳台》《忆秦娥》（第5期）和《鹧鸪天》《水调歌头·和心叔师》《虞美人》《临江仙》《饯

[①] 1937年7月抗战全面爆发，8月省城杭州遭遇轰炸，各机关、学校相继内迁或临时解散，12月24日杭州沦陷，蕙兰中学一度成为杭州难民庇护所。"杭州蕙兰中学，当沪战初起时，仍在原地开课，教职员全数到校，中小学生共有七八百人，颇极一时之盛。嗣因沪局变化，为图员生安全计，即迁至富阳仓口，继续上课。兹因局势又变，兼以学生人数过少，已暂行停课云。"（《教育季刊》1938年1月第13卷第4期）陈从周或在这个过程中流离辍学。1938年9月的之江大学新生名录上，陈从周或因未能提供蕙兰中学毕业证书而以同等学力入读之江。
[②] 夏承焘日记1940年11月2日，《天风阁学词日记》（二），《夏承焘集》第六册第244页，浙江古籍出版社、浙江教育出版社1997年版。

春辞》（第6期）等，显然颇受夏师之点拨、指教。联系《中国诗文与中国园林艺术》《园林与诗词之关系》《造园与诗画同理》《诗情画意与造园境界》《造园如作诗文》等诸多随笔，我们不难感知"跨界"以后的陈从周的"立身之本"，他在其中反复吟哦和强调的一个主题：中国园林与中国诗文，即"以诗造园"之谓也。

而且事实上，之大不仅国文系能诗书传人，"校长李培恩是经济学博士，写得一手好隶书。经济系胡继瑗教授，与郁达夫先生同乡同学，既能诗词，又工书法。政治系顾敦鍱教授，是曲学专家，小楷楚楚有致"[1]，加之王蘧常的历史、胡山源的曲选，可谓满园皆闻书卷气。而战后之江借地上海租界，大批未便撤去后方的前辈文人、名士、学者，如吕贞白、冒鹤亭、夏剑丞、吴湖帆等，又云集在江浙沦陷区为数不多的几所教会大学，为滞留此间的学子储备了丰厚的师资。陈从周便常在前辈们"文酒之会"时"隅坐和声"，得其启发与指导："尤其在他们的书斋中，我接受到文化，见闻到知识，阅读到很多市上见不到的书，比课堂教育不知胜过多少。"[2] 待后来陈从周成功将造园与绘画，与书法，与昆曲，与种种文史传统结合起来，"以画造园""以书造园""以

---

[1] 陈从周《老师和笔砚》，《陈从周全集》第10卷第297页，江苏文艺出版社、浙江大学出版社2013年版。
[2] 陈从周《人去楼空，旧游谁说》，《陈从周全集》第11卷第130页。

曲造园""以史造园",或正是在这样特殊的学习环境里浸润四年、广汲博取的结果。这是陈氏园林艺术不可忽视而常人难以企及的一个境界。

> 我是文科出身,自学改了行,后来做了三十多年建筑系教师。在中学教过语文、史地、图画、生物等,在大专院校教过美术史、教育史、美学、诗选等,建筑系教过建筑设计初步、国画、营造法、造园学、建筑史、园林理论等,并且还涉及到考古、版本、社会学等多方面的兴趣与研究,可算是个杂家了。[1]

正如夏承焘之谓"陈君古今焉不学"[2],从这个意义上讲,陈从周不仅是一位"跨学科"学者,更是以一种"化学科"的方式构建自己学术大厦的、真正意义上融会贯通的园林艺术大师,可遇而不可求。

据夏承焘日记记载,1942年4月,陈从周自上海返杭。这之后,通过夏先生日记和陈从周《中国近代建筑学教育》《老去情亲旧日师》《深情话颜老》等文中的自述,我们大体知道陈从周先是做了一段时间的家庭教师和中学教师,1946

---

[1] 陈从周《书边人语》,《陈从周全集》第10卷第307页。
[2] 夏承焘《从周过访杭州》,见夏承焘日记1965年6月6日,《天风阁学词日记》(三),《夏承焘集》第七册第1050页。

年以后，赴上海圣约翰大学任教[①]，同时在震旦大学、苏州美专上海分校等校兼课，也曾被世谊陈植（直生）[②]聘为之江大学沪校建筑工程学系兼任副教授[③]，为仍留上海的之江大学沪校建筑系担任过"中国建筑史"课程，时间在之江大学改制前的1951年8月到1952年7月[④]。1952年下半年院系调整后，他从圣约翰大学往同济大学建筑系任教，讲授"中国建筑史""中国营造法""中国美术史"等课程。

而据夏先生日记，我们可以获知陈从周此间境遇中一段

---

① 据之江大学留存的外校刊物资料《私立圣约翰大学教职员名单》，1950年，陈从周担任圣约翰大学美术教员。
② 据之江大学档案，陈植1949年8月到任沪校工学院建筑工程学系专任教授兼代理主任，其时沪校建筑系另聘有张充仁、张有龄、吴景祥、汪定曾、黄家骅、黄毓麟、谭桓、罗邦杰等多名教授。
③ 据之江大学档案，抗战胜利后之江在上海慈淑大楼复校，1946春一年级新生返杭州，1946年秋一二年级均返杭州，仅三四年级留沪，1947年秋仅工学院三四年级留沪，1948年秋仅工学院四年级和文学院教育系四年级留沪，1949年因实际需要除建筑系三四年级外余均迁返杭州。（1949学年度第二学期《华东区私立之江大学沪校（建筑系三四年级）概况调查表》，浙江档案馆L052-2-47-9）1950年6月，沪校建筑系同学要求留沪上课，得校方第12次校务会议原则同意。1951年2月，校（本年）第13次常务会议决沪校建筑系寒假在沪招生并增设专修科，系主任陈植主持之江沪校工作；3月1日，工学院院长廖慰慈在第20次常务会议上报告"建筑系全部在沪上课"；6月16日，都克堂举行音乐晚会，欢送建筑系同学赴沪。自此，沪校建筑系开始扩充在沪房产，安排二三年级迁沪，计划新进2名助教，增设系副主任（黄家骅）等。
④ 据浙江档案馆藏之江大学档案。参陈从周在《老去情亲旧日师》中称"他（陈植）那时是之江大学建筑系主任，见到我有所成就，聘我去建筑系教书，以副教授衔给我"，《陈从周全集》第11卷第126页；《中国近代建筑学教育》中述及之江大学1938年创设建筑系，"予等皆曾任教于此（高年级在上海）"，《陈从周全集》第12卷第41—42页。

或不能回避的特殊经历。自1942年回杭至1946年，陈从周基本是在杭州谋生，且回杭不久即结婚生子，生活压力可想而知。1944年初，他"为生计所迫，出于不得已"，曾往杭州（伪）国立浙江大学任教。这年3月，陈从周曾致函夏承焘。夏日记中称："接从周三快函，寄《白石旁谱辨》来。近与姚奠素同在杭州浙大任教，云为生计所迫，出于不得已。杭州之江图书损失殆甚，可惜可惜！"[①]竺可桢麾下的国立浙江大学西迁以后，1943年6月，汪伪政权曾在杭州"恢复"浙江大学，1944年5月即以生员不足"奉令"结束，前后未足一年。

之江求学办刊

在之江大学，陈从周是比较活跃的一位学子。那时国文系人数不多，因为近代中国的工业化转型焦虑，之江的工科、商科一直是被追逐的求学热点，而文科恰恰相反。据夏先生日记，1952年浙大、之江两校相关学院合并改称浙江师范学院时，中文系学生总共也只有30余人，所以当年之江国文系每届学生往往是个位数。即便如此，能被夏承焘日记屡屡提及的，仍是其中别具潜力或卓有才华的佼佼者。

之大四年，让陈从周对之大校园里活跃着的各种学生社

---

① 夏承焘日记1944年3月23日，《天风阁学词日记》（二），见《夏承焘集》第六册第545页。

团印象深刻。《灯边杂忆》一文里回忆道:

> 那时的大学,在学生文化生活中,有着不同的组织,什么京剧研究社、书法研究社、文学研究社、诗社,以及音乐研究社等等,还有学生们自己办的夜校,来做普及教育的工作。都搞得有声有色,这些社团中的成员,并不限于哪一专业的同学,你有兴趣,任何一种都欢迎你参加。因此理工科的同学也出了很多诗人,写得一手好字。文化气氛很是活跃。[①]

入学之江以后,至迟从1940年初开始,陈从周便承担了《之江校刊》和中文集刊《之江中国文学会集刊》的编辑工作。其中,《之江中国文学会集刊》是之大国文系中国文学研究会师生交流学术、联络情感的园地,该刊由研究会学生在教授指导下办理,以登载校内外师生文史研究论著为主,自1940年第5期始,附以"文苑"专栏,收诗、词、文等创作,如第5期收文2篇、诗9首、词27阕、曲2首,第6期收文2篇、诗52首、词35阕,比较全面地展现了之大国文系师生的才情和风采。《集刊》第5期卷末,有陈从周以刊物核心编者身分所作的"附志",可以肯定,陈从周是第5期《之江中国文学会集刊》的责任编辑:

---

① 陈从周《灯边杂忆》,《陈从周全集》第10卷第121页。

> 本刊承潘希真、翁璇庆、杨毓英三君录稿校对。所助良多，特此致谢。
>
> 郁文附志　廿九年四月

而第6期卷末的一段类似说明将会刊的组织结构罗列得非常清晰：

> 敝刊本期因篇幅关系，来稿不能尽载，深以为憾。如本校谭书麟先生之《颜李学说概述》、陈蒙庵先生之《纫芳簃读词札记》、故词家况蕙风先生《蕙风簃集外词》等，皆属不可多得之佳作。兹移至下期刊登，特此预告。
> 本刊顾问：徐益修先生、夏瞿禅先生、王瑗仲先生、任心叔先生、赵泉澄先生、顾言是先生
> 本刊职员：杨炳蔚、陈郁文、徐家珍、潘希真、翁璇庆、杨毓英

与此相关的，夏承焘日记中多处记载了陈从周前来约稿、取稿的细节：

> 1940年4月7日：郁文取去《四声平亭》柳词篇

付印①。

1940年6月8日：郁文来，携去《辛稼轩词笺序》②，登之江大学校刊。

1940年11月9日：郁文来，取去《易安事辑后语》③入之江文学会集刊，捐集刊10金。

1940年11月26日：2时与郁文访冒疚翁，半年不见矣。……郁文乞得其（吴庠）《打令考》一文④，登之江校刊。

1941年1月1日：从周来，录一词去，载之江学报。

1941年2月8日：午后郁文来，抄去数词，入之江学刊。

1942年4月8日：午后，陈郁文来，谓明日回杭。……彼谓年来颇以徐益修先生及予之《丛稿》为念。前办校刊，欲尽载益翁之《京氏易》⑤，今仅及半，不竟其愿。郁文情趣甚长，与彼相处四年，依依不舍。三时送其

---

① 夏承焘《词四声平亭》，载《之江中国文学会集刊》1940年4月第5期。
② 夏承焘《辛稼轩词笺序》，载《之江中国文学会集刊》1940年4月第5期。
③ 夏承焘《易安居士事辑后语（附徐益藩跋）》，载《之江中国文学会集刊》1941年4月第6期。
④ 吴庠《唐人打令考补议》，载《之江中国文学会集刊》1941年4月第6期。同期有冒广生《敦煌舞谱释辞》。
⑤ 徐昂《京氏易传笺》，载《之江中国文学会集刊》1941年4月第6期，末注"卷一终余俟续刊"。

下楼。

(以上均据夏承焘《天风阁学词日记》)

这些迹象表明,作为文学会会刊的主要编辑人员,陈从周很好地履行了自己的职责,为之江内外的中国文学与文字学者留存了珍贵的学术成果,当然,他也充分利用这一身份,积极组稿、编印、筹资,"以刊会友",与系里的老师、校外的学者建立了良好的问学途径。

日记中,夏先生撰著《四声平亭》的过程记载甚详。这部"应之江文学会会刊征稿"而作、后来被词人张尔田(孟劬)先生誉为"语语从实证中来,佛学所谓大王路也"[1]的著述,从1940年3月10日夜间动笔,经写作、修改、易名、陆续付印,至4月22日方成,历时四十余日,再二月,又自行校稿。其间不乏"用思稍苦,胃觉不畅""伏案终日,神志不适""字句斟酌,亦自费心""虽甚费心,终不称意"之感慨[2],如实记录了夏先生对这份会刊约稿的重视。

---

[1] 夏承焘日记1940年8月19日,《天风阁学词日记》(二),见《夏承焘集》第六册第221页。
[2] 参夏承焘日记1940年3月12日至4月22日,《天风阁学词日记》(二),见《夏承焘集》第六册第185—194页。

追随诸师治学

求学期间,陈从周遵从"事师必谨"的古训,与诸多先生交谊甚深。因此:"在我学生时代,我常去老师宿舍、家中,看他的藏书手稿,观他的生活嗜好,以及谈论许多课堂中得不到的东西。而老师有时要我抄文章,做些助手工作,那是最直接得到的治学方法。当然除老师外,还有许多前辈学者,也同样的要去请教。……其中真有极宝贵的东西,都是他一生总结下的经验,一语道破,豁然开朗。"①

所以,回忆各个阶段的良师益友,感恩他们在自己成长道路上的提携,成了陈从周晚年生活和文学写作的重要部分。被忆及的师长,有教会小学小叶先生、大叶先生,有盐务初级中学胡也衲、王垣甫先生,有蕙兰中学徐佐青校长、张子屏先生,有之江大学徐益修、马叙伦、钟钟山、王蘧常、胡山源、夏承焘、任铭善诸先生,有古建筑学"函授教师"刘敦桢、朱启钤先生,也有其他师友如张宗祥、马一浮、张大千、郁达夫、徐志摩、俞平伯、叶浅予、黄心䀑、陈植、贝聿铭等等。

陈从周与诸先生交往中的那种开诚布公、教学相长、砥砺共进,我们可以以夏承焘先生为例,通过其日记,观之一二。

---

① 陈从周《书边人语》,《陈从周全集》第10卷第305—306页。

2月20日：从周抄莞圃各词集跋，为校数篇。

3月11日：嘱陈郁文校《西泠词萃》各宋集。

3月25日：郁文以《西泠词萃》校《彊村丛书》竟。

3月29日：过录郁文所校《无弦琴谱》。

4月13日：郁文携来蒙庵函，抄示邓群碧作《张学象抄本梦窗词跋》及潮州饶宗颐《龟峰词跋》。

4月24日：校郁文所抄陶湘景宋元明词叙录。

（以上均据夏承焘《天风阁学词日记》）

这是1941年2月到4月，被收入"天风阁学词日记"的陈从周为夏师做的几次抄录、校对工作，从中既可见夏承焘对陈从周的信任，也能想象陈从周的工作、学习状态。而且显然，对其他师长，他自也是这样有求必应的。在沪期间，夏先生偕陈从周同去拜访沪上诸老，同去观展看画和传递借阅文献等的记录就更多了。

1940年1月19日，陈从周和同学们拜访夏先生，针对做学问被"讥为钻牛角尖者"，他们得到的是夏师一番意味深长的点拨：

朱镜清、徐家珍、严众山、陈郁文四生来久谈，谓有讥近人治学为钻牛角尖者。予谓科学方法，分科愈细，愈有独得，以学问言，牛角尖非贬词，治学与应世，应世与谋生，谋生与糊口，皆分两途。近日各大学有国文系者不过十校，每校毕业年以十人计，不过百人，其能卓有成就者不得四五人。老辈日以凋谢，吾辈努力犹惧不及，何可诱于外物自堕其守哉。[①]

这不正是陈从周深有体会的"许多课堂中得不到的东西"吗？事实上，从为夏师抄录、校对、整理书匣，和跟随拜访开始，陈从周获得了在课堂上万难受到的学术训练，后来的事实表明，这样额外获得的学术机会，既让陈从周助益夏师完成了其以词谱、词籍、词志为主体的现代词学大厦的营构，也为自己撰著《李易安夫妇事辑系年》和后来的《徐志摩年谱》打下了坚实的基础。刊载于《之江中国文学会集刊》第6期的《李易安夫妇事辑系年》"1940年寒冬写成于上海寓楼"，是陈从周在之江期间完成的第一个学术成果，即曾承夏先生亲手改定。[②] 正是在业师的指点、引导下，陈从周"开始觉得研究是一种学问，如果无的放矢，不总结或整理一点东西出来，对自己好处不大。《文心雕龙》说'各学以聚宝'，学问在于积累。我很感激当年学生时代的老师们，都有着这

[①] 夏承焘日记1940年1月19日，《天风阁学词日记》（二），见《夏承焘集》第六册第169页。
[②] 参夏承焘日记1940年12月16日，《天风阁学词日记》（二），见《夏承焘集》第六册第255页。

种功夫，耳濡目染，熏陶成我这种如杂货摊的一个学者。"①

1941年底，太平洋战争爆发，之江大学在上海无以立足，只能辗转浙闽山间。1942年春，陈从周结束之江课业，夏师则南返回里，"然书籍什物，无法安置，又甚踌躇……夜梦还乡，行路甚劳烦"②。

> 3月30日：郁文来，托其携去书籍百余册，为写二词。……以《西湖志》一部赠郁文。
>
> 4月25日：夜，陈从周冒雨来，谈杭垣近讯，嘱其同辑《词籍志》及《词林系年》。从周并欲写定予之《白石词考》目录八种。
>
> 4月27日：郁文饬人来，取去藏书共大箱三、小箱二。小箱一，希珍物。
>
> 4月29日：取《丛书集成》第五期书400册，嘱送存陈从周家。
>
> （以上均据夏承焘《天风阁学词日记》）

1942年4月离沪前，夏先生最贵重和宝爱的书籍、手稿妥为陈从周迁藏、保管，令夏师至为感动："五车闻有托，

---

① 陈从周《灯边杂忆》，《陈从周全集》第10卷第121页。
② 夏承焘日记1941年12月25日，《天风阁学词日记》（二），见《夏承焘集》第六册第357页。

一夕欲无眠。"[1] 师生各奔东西之际，夏师不忘将自己正在进行的一部分《词籍志》及《词林系年》工作托付给陈从周。抗战胜利后的1946年2月3日，陈从周才得与从龙泉浙大分校复校杭州的夏先生晤面。夏承焘在日记里写道："午赴陈从周招饮，见其夫人及小孩，酒肴甚丰。取回姜白石旧稿一包。忆八年前将去上海之夕，从周冒风雨特来取此稿，云与身命共存亡，此情至足感愧，无以报之。"[2] 事实上，对陈从周来讲，夏师的"亲炙"和"重托"何尝不是最厚的回报；反过来，陈从周日后取得的多方面的成就，亦是对夏师和各授业旧师最好的感念。

之江大学四年的求学、办刊、师友交往，对陈从周先生日后的治学、造园产生了深远的影响，是他学术成长轨迹中重要的环节。

（载2018年12月28日《文汇学人》）

---

[1] 夏承焘《寄逸群夫妇，兼怀沪上诸子》，见《天风阁学词日记》（二），《夏承焘集》第六册第522页。
[2] 夏承焘日记1946年2月3日，《天风阁学词日记》（二），见《夏承焘集》第六册第630页。

夏承焘

从《天风阁学词日记》看夏承焘与郑振铎的交往并及《郑振铎年谱》

陈福康先生《郑振铎年谱》（上下册，三晋出版社2008年版，以下简称"郑谱"）以"资料丰富，确凿详尽"而得谱主之子郑尔康先生首肯，尤其是发掘、考证、整理了大量信史，包括引证杨昌济、赵南公、蔡元培、王伯祥、刘承幹、陈君葆、季羡林、赵家璧、贾进者、胡朴安、张珩、卢前、朱偰、沙孟海、常任侠、吴祖光、柯灵、史久芸等与郑振铎有交游的文化名人的日记，"尽可能全面"地还原了一位作家、学者、藏书家、社会活动家、民主战士的"行事和言论"，完成了谱传传主的全人形象，故具有相当的史料和学术价值。笔者年前撰著《郁达夫年谱》，也从中得到不少线索。

近日，为相关研究细读夏承焘《天风阁学词日记》（以下简称《天风阁日记》），发现不少郑振铎先生与夏先生交往的记录，而且均未见收入《郑谱》，其间藉典治词的学术友谊也未得显扬。对两人之特殊关系和贯穿半生的友谊，1958年10月，获知郑振铎飞机失事遇难后，夏承焘曾做过简要勾勒：

> 振铎幼年寓居永嘉，与予似曾同学高等小学，抗战时在上海屡承其以词书借校。去年来杭一晤，遂成永诀。解放初曾提名邀予科学院，去年亦尝在院会议时提此。（闻之陈翔鹤）[1]

从这段文字，我们可以看到郑、夏交往中重要的三个脉络和信息：一、小学或曾同学，二、战时同在上海搜藏／利用古籍，三、中华人民共和国成立后继续合作并相与提携。

夏承焘留给世人的《天风阁日记》记载时间长，涉及人事多，记录更是完整详实，而且集词学、文学、史学于一身，在如今出版的近人日记中，其信息丰富程度堪比《竺可桢日记》，而其价值似远未被治词、治学、治史之人们所完全发掘。本文不揣谫陋，钩沉其中夏承焘与郑振铎先生交往之点滴细节，虽挂一漏万，或亦可为两位学界巨子的研究、为现代学术史研究提供些许未被举用的信息和材料，或亦可完善和丰富《郑谱》对谱主之此一方面的记载。

一

郑振铎祖籍福建长乐，1898年出生在温州永嘉，年长夏承焘两岁，少时应在永嘉（温州）读书。对于谱主童年经

---

[1] 夏承焘日记1958年10月20日，《天风阁学词日记》（三），见《夏承焘集》第七册第703页。

历，《郑谱》称"实在缺少生平史料"而未作明确、详实记录，只有1907年随父亲从扬州回到温州，和"约此时，进小学读书"的一段记载。而以郑、夏少时同出塾师黄筱（小）泉先生之门（郑振铎先生1934年7月作有《忆黄小泉先生》一文，夏承焘也有词"忆筱泉师"），钱志熙在谈及夏承焘"早年的求学经历"时称，"他六岁从顾惺石发蒙，后就读林家私塾、养正小学、永嘉第一高小等学校，与郑振铎同学"[①]；浙大龙泉分校王季思在《一代词宗今往矣》一文中亦称"郑振铎当时跟他同学"[②]，而龙泉当年，王季思尝与夏承焘同居一屋，交往最密。由此看来，郑、夏同学之谊是错不了的，《郑谱》或可参添一笔。

在《天风阁日记》中，关于"同学"之说，涉及夏、郑交往的首次记载与末次记载略有区别。

1938年11月13日，夏承焘曾与徐一帆同往庙弄44号拜访郑振铎。那是抗日战争全面爆发、上海沦为孤岛的第二年。此次拜访，应是郑、夏二人各有所成后的第一次晤面，郑振铎"出《楚辞》数十种见示"，并"导观其书室，有词书一大架。约改日细观"[③]，这让师范就读期间已"以词笔

---

① 胡可先主编《夏承焘学案》第14页，浙江大学出版社2018年版。
② 王季思《一代词宗今往矣》，吴无闻编《夏承焘教授纪念集》第18页，中国文联出版公司1988年版。
③ 夏承焘日记1938年11月13日，《天风阁学词日记》（二），见《夏承焘集》第六册第59页。

见赏于瑞安张震轩先生"[1]，此时正着手词谱、词人研究的夏承焘颇觉震撼。

在新文学史上，郑振铎首先是一位新文化运动的倡导者，文学研究会的发起组织与他有密切关系。但同时，郑振铎对"国故"之价值亦有清醒的辨识，甚至是一位狂热的民族传统文化卫护者。他在1923年发表的论文《新文学之建设与国故之新研究》一文中称："要重新估定或发现中国文学的价值，把金石从瓦砾堆中搜找出来。"[2] 在"瓦砾"堆中搜找"金石"，这也是他一生所钟爱、所从事的最重要的工作。当然，这一厚今也不薄古的文化观和行动力并不是突如其来的。早在温州浙江省立第十中学读书时，郑振铎即颇以抄古书、编古籍为念，1917年，20岁的郑振铎从上海四马路旧书摊购得一部小字石印本的《九通》，40年后，他在《自述》里这样描述这段经历和心情："心里觉得饱满，觉得痛快，这是我收集线装书的开始。"这种发现价值的快乐，显然是无与伦比的。遗憾的是，"一·二八"沪战，炮火不仅摧毁了商务印书馆的东方图书馆，日军还霸占了他东宝兴路的寓所，使他失书数十箱，十多年珍藏损失惨重："曩收拾《诗经》，得数百种，皆亡于沪乱，耗费不资。"而抗战全面爆发，尤其是"八一三"事变后，东南各省藏书家所藏古代版本图

---

[1] 王季思《一代词宗今往矣》，吴无闻编《夏承焘教授纪念集》第19页。
[2] 《小说月报》第十四卷第2期。

从《天风阁学词日记》看夏承焘与郑振铎的交往并及《郑振铎年谱》

书大量流入上海旧书市，成了包括日本侵略者和美国书商在内的各种力量争抢的对象。这或促成了后来在沦陷区的上海，对古籍文献情有独钟的郑振铎与张咏霓、何炳松、张元济、张凤举等人共同致力于以个人行动、借国家力量购置珍贵典籍、抢救国宝文献的行动，后来还组织了五人"文献保存同志会"，两年里购买善本3800余种，其中宋元刊本300余种[①]。1938年5月30日，郑振铎购得《脉望馆抄校本古今杂剧》，这是他"为国家购致古书的开始"[②]。

可见，1938年11月中旬的那次拜访，正是郑振铎的古籍收藏成效日显、渐入佳境之时。后来，同在上海的三年时间里，正如夏承焘在日记中记录的，两人因词书古籍往来频繁，夏承焘"屡承其以词书借校"。

回到这个清晨，我们不难想象，第一次会面的两位乡人，一定会很自然地聊起温州乡谊和儿时经历，这一天的《天风阁日记》中记有"西谛，儿时永嘉高等小学同学"[③]的断语，言之凿凿。当然，因年差两岁，两人未必是同班同级的同学。

二十年后，闻郑振铎飞机遇难，夏承焘对"高等小学同学"一节有"似曾"之补，表述上前后有别。但从日记记载

---

① 参刘哲民、陈政文编《抢救祖国文献的珍贵记录——郑振铎先生书信集》前言第3—4页，学林出版社1992年版。
② 《求书日录序》，参卢今、李龙华编《郑振铎日记》第130页，山西教育出版社1998年1月版。
③ 夏承焘日记1938年11月13日，《天风阁学词日记》（二），见《夏承焘集》第六册第59页。

本身特点观之，上引文字是面晤当日直接记录，信息不确或记忆不明之疑似可以排除；而20世纪50年代以后经过各种运动、整风、揭发、检举，人人自危，尤其1958年当时，郑、夏都面临检查、批斗——郑振铎与章太炎、王国维、陈寅恪等人一起，作为"学术权威"遭受批判，夏承焘则在校内"享受"这一待遇："校内四五人，以予与姜亮夫为重点。"[1]有了这一层原因，日记有模糊表述以划清界线也不足为怪。

二

从《天风阁日记》可以看到，上海时期郑、夏交往中一个重要的纽带就是夏承焘对郑振铎所收藏之古籍尤其是词籍的充分利用。

1938年11月13日首次会晤，郑振铎即对夏承焘慷慨允诺："如欲为新注，可举以相假。"[2]1940年12月1日上午，因"郑西谛新收得彊村、君直、印臣各词书"，夏承焘又去庙弄44号一口气借了18册，如获至宝："承元《草堂诗余》（似朱评）、《阳春白雪》（同上）、《道图乐府》（《彊村丛书》底本）、《元草堂诗余》（曹校）、《信斋》、

---

[1] 夏承焘日记1958年10月21日，《天风阁学词日记》（三），见《夏承焘集》第七册第703页。
[2] 夏承焘日记1938年11月13日，《天风阁学词日记》（二），见《夏承焘集》第六册第59页。

从《天风阁学词日记》看夏承焘与郑振铎的交往并及《郑振铎年谱》

《乐斋》、《竹洲》、《虚斋词》（朱校）、朱刊《东坡乐府》（郑叔问批注）、四印斋《梦窗词》（朱批校）、《贺方回词》（吴写朱校）、梦窗四稿（朱校）、《遁庵乐府》、《菊轩乐府》（吴氏传新城罗氏写本）、零本《汲古阁六十一家词》（朱校）见假，共十八册。"而且，《天风阁日记》中还记下了这天的其他收获："有许增以浮笺注《白石词》二册稿本，一时遍觅不得，约下次再看。又宋本《客亭类稿》附录数页，乃书贾于类稿拆出另卖者。西谛以十元一纸，计收得其中有白石一七古为诗集所未收者（今本《客亭类稿》亦不载），亟录之。又宋本《施注东坡诗集》，即翁方纲得之以名斋者，每本首尾名人题字无数，亦有画竹石山水者，翁氏肖像每本皆有而肥瘦不同，藏家印章累累。最后在袁伯夔家遭火抢出，每页只余中心数行，多寡不同，全书仅存二十册，由新主张珩装成出售，索价万元。西谛留之年半，恨不能有。西谛谓李木斋藏书近以六十万元卖与今北京大学图书馆，有流入东洋之虞。宋本甚多，西谛近正思得一笔款，尽抄有之。"① 夏承焘当然是求之不得，"怂恿其早为"。

半个月里，夏承焘既抄又校，12月15日前往送还词书18册，在郑振铎书室里看见了明本《戴石屏集》《汪浮溪集》，

---

① 夏承焘日记1940年12月1日，《天风阁学词日记》（二），见《夏承焘集》第六册第250页。

诗后皆附词。①12月29日又借故访郑西谛，"见其座隅有明刊《花间集》及黄荛圃校抄本《淮海词》，承以许增签注《山中白云》两册见假"②。

1941年，这样的交往就更频繁了。1月2日，夏承焘送许增注《山中白云》二册还西谛，抄得杨守敬《花间词跋》及黄丕烈《校淮海词跋》。1月12日，在郑振铎宅看到海日楼旧藏"堆积满几案"，坐校《须溪集》数页，又借旧抄《须溪集》四本，戈顺卿校海日楼藏本《梦窗稿》二册；1月19日还书，并借其天一阁藏明刊《石屏集词校汲古刻》；1月22日，觅《在轩词》不得，见抄本《花草杂编》，却是书贾赝造以欺人者；2月23日早访西谛，适值出行，匆匆执别，但允《在轩词》抄本已觅得，约日往校，并新得明人《明珠词》一本，极难得；8月3日问郑西谛新收词书，见黄丕烈旧藏明抄烘堂、审斋、寿域、知稼翁词共一册，有钱遵王校过识语，尚有宋本《醉翁琴趣》《山谷琴趣》二册，已以飞机寄重庆……

10月26日早10时，夏承焘赴西谛约看词书。这一天日记中，夏承焘对郑振铎藏书从刊本、版式、题跋、钤印到价格都记之甚详，可见宝爱至极：

---

① 夏承焘日记1940年12月15日，《天风阁学词日记》（二），见《夏承焘集》第六册第254页。
② 夏承焘日记1940年12月29日，《天风阁学词日记》（二），见《夏承焘集》第六册第260页。

从《天风阁学词日记》看夏承焘与郑振铎的交往并及《郑振铎年谱》

《烘堂》《审斋》《寿域》《知稼翁》四种，共一册，明抄本，半页八行，行廿字。《知稼翁》一种，有钱遵王校记，朱笔补缺字甚多，前有"黄丕烈""清晖馆""虞山陆冶先""密韵楼""孙祖怡""古娄韩氏"诸印，后有"百耐眼福""松江读有用书斋"印。封面有"咸丰庚午六月一日得之士礼居"一行，疑韩氏题。又一清抄本，《草窗词》上下卷、《玉田词》上下卷、《玉笥山人词集》（三种共一册），半页十行，行廿字，有"休宁汪季青家藏书籍""展砚斋图书印""摘藻堂藏书"印，后二种有"汪氏柯庭校正图书"。西谛谓两册皆得之铁琴铜剑楼。又《蛾术词选》抄本一册，半页十行，行廿字，约乾嘉间物，题"明新都汪稷校"，盖过自明本。后有"石研斋秦氏印"。匆匆过目，归札入词籍记。西谛非己有，不能借得细校异同也。座间见西谛买一明本白棉纸《雍录》四册，价五百元。王柏辑《诗法类编》四本，价三百元，令人咋舌。近日明本地志，收者甚多，故价飞涨。……11时半归。[1]

读这段文字，不禁让人感叹郑振铎古籍收藏工作的胆识和魄力。更为可贵的是，郑振铎还致力于古籍的各种整理、

---

[1] 夏承焘日记1941年12月26日，《天风阁学词日记》（二），见《夏承焘集》第六册第342—343页。

出版工作。他曾编选影印《新编南九宫词》《清人杂剧初集》《博笑记》等词集、杂剧、传奇，筹资影印《脉望馆抄校本古今杂剧》，并为"中国文学史上平添了一百多本从来未见的元明名剧"[1]而自豪，声称"比得到了一个国家还要得意"[2]。也曾想请款于中央编《中国图书录》，并组织人马编纂各类古籍，其中包括请夏承焘编词集："西谛谓：旧欲请款于中央，编《中国书录》（名是否），他日当以私人力分为之。彼自编小说戏剧，嘱赵斐云编宋元人集，嘱郭绍虞编文学批评，嘱予编词集。谓有词书八箱，可尽量供给。"[3]可以肯定，在文献索取为治学第一要务的当年，郑振铎的收藏极大地支持了夏承焘的词学编集、整理和全方位研究的开展。

三

因为在文物保护和考古研究方面表现出的特殊才干和作出的杰出贡献，1949年，郑振铎被任命为文化部文物局局长。郑、夏此后也有不少交往，其中颇让夏承焘感念的是郑振铎几次提议调其赴京。

夏承焘自陈以治词为业，但在1950年4月14日日记则

---

[1] 《求书日录序》，参卢今、李龙华编《郑振铎日记》第130页。
[2] 《求书日录序》，参卢今、李龙华编《郑振铎日记》第130页。
[3] 夏承焘日记1941年1月2日，《天风阁学词日记》（二），见《夏承焘集》第六册第261—262页。

从《天风阁学词日记》看夏承焘与郑振铎的交往并及《郑振铎年谱》

记:"阅清华中文系新改课程,但有诗曲,而无词。词在新学界将无地位,二三十年来借治词糊口,无益于大众之学问,必有被淘汰之一日,宜及早勉自振拔,期有所靖献于社会。"[①]短短几句话将一位进入新历史时期的旧知识分子自我批评的惶惑、纠结和自我改造的积极、急切表达得周致而微妙,但这样的表白未必字字是真心实愿的,隐藏其间的辛酸苦涩或更真切——让一位学者放弃他的素功之业谈何容易。抗战全面爆发当年,夏承焘亦曾有"学词无济于时风"的疑虑和苦闷,也想过另辟蹊径,甚至在《天风阁日记》中还留有"俚辞"《抗敌歌》、白话诗《丢掉了一个我》等,但他终难弃旧学。几天以后,夏承焘看到《光明日报》上登载的宋云彬《论整理古籍》一文,谓旧文艺方面已有人集体作结帐研究,故"念词学今日亦应结帐,颇思发愿为《全唐宋词集提要》"[②]。4月17日午后,他郑重作书郑振铎,第二天发函北京,"告旧为词例及词书总目提要,亦颇思承教通学,如有集体治此业者,幸代介绍"[③],主动请缨,有意通过为词学"结账",为词学做总结、画句号。当然,这未尝不是一种以退为进的策略,以将词学研究推向一个新境界。

---

① 夏承焘日记1950年4月14日,《天风阁学词日记》(三),见《夏承焘集》第七册第84页。
② 夏承焘日记1950年4月17日,《天风阁学词日记》(三),见《夏承焘集》第七册第85页。
③ 夏承焘日记1950年4月17日,《天风阁学词日记》(三),见《夏承焘集》第七册第86页。

可惜《天风阁日记》中未查得郑振铎复函记录。是郑未回复还是夏没记载，以及这背后的缘由、心态，或也是郑、夏研究中的一个问题。

而可能与此相关的一个故事就是郑振铎的提议调夏承焘往京。1953年9月，夏承焘在北京参加全国高等师范教育会议期间，北大同行浦江清透露1952年夏文化部曾打算调他北行，以学校不放作罢。10月3日会后，已十余年未见的郑振铎也证实文化部确曾欲调其入京，而浙校不肯放。回杭后，夏承焘从任铭善那里得知，1952年夏，北京大学确曾来文调派，浙教厅厅长刘丹不允。综合来自浦江清、郑振铎和任铭善的上述三个信息，1952年夏，文化部确有调夏承焘往北大之举，以校方或教育厅不允作罢。时夏承焘正在皖北参加土改。夏承焘默认那次调任提议与文化部"同学"郑振铎有关。

1957年3月，夏承焘又从《文学研究》张白山、《文学遗产》陈翔鹤处得知，"郑西谛前旬在文学研究所所务会议上，提及邀予入科学院事。"[①] 时郑振铎已升任文化部副部长，兼文学研究所所长以及政协文教组长，虽或未能及时回复夏承焘欲编"全唐宋词集提要"为词学"结帐"的请求，但始终在记挂这位治词有方的小学同学，愿为他提供更高的

---

① 夏承焘日记1958年3月9日，《天风阁学词日记》（三），《夏承焘集》卷七第597页。

平台。1958年10月14日,"校中转来中国科学院聘任通知书,聘任予为科学院文学研究所兼任研究员。五八年十月八日北京发,院长郭沫若署名。突然有此,殊出意外,不知有何任务"①。几次调任无果,此"兼任"或为两全之法,显然也是郑振铎的举荐起了作用。让人叹息的是,落实此事不到十日,郑振铎即遭空难。

1956年,郑振铎曾两次赴杭,夏承焘得与其两次会面,其日记所记也更详实具体,为郑振铎此行提供了不同角度的文字档案。第一次是4月21日,郑振铎自西北至浙东,在浙江省人民大会堂一会议室,与浙江省文化工作者、教育家进行座谈。夏承焘在当天的日记中记道:"西谛讲民族文化遗产发掘问题。说浙派画马远、夏珪影响日本和尚雪舟,雪舟一派影响英法画家。(雪舟,宋宁宗时人,尝住天童寺三年。)说吴兴钱山漾发现新石器时代古物。西安半坡村发现新石器时代人居处遗址,有墓葬区(似今共墓),骨制鱼钩有倒钩。郑州发现殷代人居住遗址,有城墙,有炼铜处、制骨处。汉墓中有文工团杂技团,此皆惊人发现。"②夏承焘嘱其对此次调研见闻作详细日记。晚上,夏承焘与张冷僧、邵裴子、郦衡叔、黄源、江问道、宋云彬诸君同宴郑振铎于楼外楼,

---

① 夏承焘日记1958年10月14日,《天风阁学词日记》(三),见《夏承焘集》卷七第701页。
② 夏承焘日记1956年4月21日,《天风阁学词日记》(三),见《夏承焘集》卷七第524页。

听他谈印度行迹。

这年11月，郑振铎再次赴南方视察，12月3日到杭州，7日午后3时，夏承焘与同事钱南扬、胡士莹往大华饭店访郑振铎，"出明抄蓝格《玉田词》见示，有竹垞评语（不多），有瑶星、渐江二家选印。……又示清人刊《徐鼎臣诗集》，有后主挽诗五古二首。谈至四时出。访旧书于湖滨书店，五时别去。予问苏联送回之《永乐大典》中有李清照集确否，郑云不知。此前月闻之黄盛璋者。"[①] 这一番交流，仿佛回到了孤岛上海时期那种纯为典籍、纯为学术的状态，让我们看到了两位至交超越政治风云的那种神采飞扬。然此番一别，便成永诀。

夏承焘是1958年10月20日获知飞机失事的，日记中称："阅报，惊悉本月17日由北京飞往莫斯科之'图1104'客机，在楚瓦什苏维埃自治共和国的卡纳什地区失事炸毁，郑振铎、谭谟丕皆不幸遇难，共死六十五人。振铎乃前往阿富汗和阿拉伯联合共和国访问的文化代表团团长，苏联为此组成政府委员会，飞往失事地区进行调查。"[②] 痛惜悲悼之情溢于言表。

（《随笔》2019年第3期）

---

① 夏承焘日记1950年11月7日，《天风阁学词日记》（三），见《夏承焘集》第七册第133页。
② 夏承焘日记1958年10月20日，《天风阁学词日记》（三），见《夏承焘集》第七册第702—703页。

附录

漂洋过海待云开

——国立浙江大学师生赴台事迹考

考察国立浙江大学与宝岛台湾的关系，我们可以有这样两个层面，一是浙大校方主张的台湾事务，一是浙大师生投身的台湾建设。前者包括招收培养台籍学生，推荐毕业生赴台服务，关注研究台湾问题等等，从一个侧面体现一座国立大学的社会担当；后者则可以从1945年抗战结束、台湾光复后陆续抵台的浙江大学师生对台湾各行业建设的贡献，检阅大学人才培养的理路和成就。

一、涉台学生的培养和选拔

（一）台籍学生就读浙江大学

台湾与浙江一水之隔，浙江大学与台湾地区一直颇有渊源。

在日据时期，就有一些台湾学生辗转奔赴大陆，求学于浙江大学。这些学生普遍比较勤奋，努力跟上浙大的节奏。早年浙大对学生的功课要求甚严，教科书都是很厚的整本的外文原版书。每晚10点宿舍熄灯后，学生们在课业压力下个个秉烛读书，而台籍学生基础弱，常常感觉连翻字典的时间都不够。浙江大学对这些台湾学生颇为爱护，常给予特殊关照，有的还专门为台籍学生补习国语。

台湾光复后，台省教育部门根据人才培养的需求，于1946年6月推出派遣台湾省公费生到中央大学、北京大学等八所大陆名校委培学习的计划。经过选拔考试，当年共录取100名公费学生，其中文科30名、法商科36名、理工科17名、医科17名。浙江大学接收了其中8名，分别就读于史地、化学、农化、物理、土木、法律等系。校长竺可桢对这些台湾学生十分关心，1948年2月6日的日记就详细记录了每位学生的籍贯、年龄、系科乃至行踪：

> 浙大台湾籍学生共有八人，其中二个女生，卢品（台北，21岁，史地系二）、童静梓（女，新竹，19岁，法律二）、简石春（新竹，22岁，物理二）、吴才木（台北，24岁，化学二）、洪瑶楹（台中，20，农化二）、陈泽炙（台北，25，土木二）、蔡金海（新竹，21，化学二）、蔡彰华（台中，23，电机一），除卢品一人已回家外，余均在校。

1948年7月，化学系二年级台籍生吴才木欲借暑期回台之机，赴台湾高砂香料公司实习，竺可桢还专门发了一份公函（公函1433号），请予分派工作：

径启者：

兹有本校台籍生吴才木拟于暑假回台之便，前赴贵公司实习，应予照准，相应备函介绍，即请查照分派工作为荷。此致

台湾高砂香料公司

校长 竺可桢[1]

1948年暑期过后，国共战事渐趋激烈，海上交通颇受影响，以至每每"船期不定"，学生往返不能依时。这年10月4日，学校准时开学，吴东烈等10名台籍生却为船期延误，不能赶赴杭州。为此，10月13日接到台湾教育厅为"海上交通不便恐学生有误报到"发来的电报（收文4777号）[2]后，10月15日，竺校长即批示并复电（代电919号），准这十名台籍生暂缓报到，同时也希望他们能在10月底前设法赶到学校，以免延误学业。

当年浙大台湾籍教师也有数人，廖文毅(1910—1986)即其中一位。廖文毅是台湾云林县人，美国俄亥俄州立大学工学博士，1935年应聘担任国立浙江大学工学院教授兼系主任，1940年回台湾。

---

[1] 《函介本校台籍生吴才木赴台高砂香料公司请照允》，1948年7月，浙江省档案馆藏国立浙江大学档案，档号53-1-0075-053。

[2] 以下各函电均为浙江省档案馆藏国立浙江大学档案。本文仅注明文件号。

（二）选派优秀毕业生赴台

台湾光复与抗战胜利同步，包括台湾在内的举国上下各项建设对受过高等教育的高端人才都有迫切需求，大学毕业生供不应求。这正应了浙大校长竺可桢对于大学生"抗战建国"的殷切期待：潜心接受学校教育，积极投身建国洪业。在1945到1949这几年时间里，赴台建设和服务也成为大学毕业生的一大选择。

作为一所拥有文、理、工、农、师范五个学院和多个研究机构的综合性大学，国立浙江大学为国家培养和储备了多层面的建设人才，各学科各专业都有毕业生赴台服务，他们或通过学校择优选派，或经资源委员会考试选派，或以赴台实习留任，当然，也包括解放战争爆发后辗转赴台的浙大各届校友。

学校择优选派。早在遵义总校期间，浙江大学曾致函台湾行政长官公署（遵字第2997号公函，原函未见存档），向其推荐张希珊等15位农经系优秀毕业生。1946年7月8日，因遵义总校复员结束而迁杭未毕，校长竺可桢签署公函，致台湾行政长官公署（杭字第463号，原函未见存档）和台署驻沪办事处（杭字第464号），向台湾方面争取旅费每人十万元，并因"各生初期旅台，似感生殊，请由贵处照料，代购船票及招接事宜，盼订定日期函复总校"。7月10日，台湾行政长官公署致电遵义浙江大学（文字第0822号，收文第15802号），录选其中10人（张希珊、陈绍淦、李茂坤、董秉钧、戴善学、樊延龄、郑润生、宋元村、颜怡、刘名贤等），并允拨给每人旅费十万元。而为了"各生赴台必经上海"，8月2日，校长竺可桢专门致函（电）台湾行政公署驻渝办事处和上海台湾银行，希望旅费能转汇上海台湾银行，以便各生领取。

而前此不久的5月27日，遵义总校尚未完全复员回杭，先期入驻杭州大学路本部的杭州分校主任路季讷（敏行，1889—1984），向浙、闽、苏、皖、赣和台湾各省教育厅函寄了"国立浙江大学师范学院专修科/初级部1945年度应届毕业生名册"（杭字第320号函），其中愿赴台服务者有卢状才、徐伯光、黄志珣、袁以乾、胡华璋、熊省三、凌厚生、李宝辉等8人；6月23日，浙大再寄师范学院毕业生志愿赴台服务调查表（杭字第265号函，原函未见存档）。7月20日，台署陈仪签署公函（致午架，署人字第8082号），以"成绩在70分以上者"遴选师范生18人，分别是胡华璋、凌厚生、余一贯、张寿根、黄溥泉、查治予、马达远、熊省三、李宝辉、杨景涛、卢状才、徐伯光、苏道明、徐震、徐冲、张德坤、潘德钧、袁以乾等，并望"从速来台"。7月30日，浙大复电台署，请台署驻沪办事处代为接洽船票并通知定期集中于上海出发。

从现有档案看，这一批农经系和师范科学生，应该是抗战胜利、台湾光复以后,国立浙江大学遵义本部和杭州分校毕业生中首批征选赴台者,以现存档案基本可以还原当年浙江大学对毕业生赴台建设的积极支持和对赴台各生的悉心关照。此后两三年里,浙大每有毕业生被派赴台岛。

资源委员会考试选派。1948年6月29日,竺可桢具函,向资源委员会寄送"本届毕业生志愿服务调查表",以便其选拔录用。从表中可知,这一届浙大毕业生85人中,有赴台服务意向者多达59人,占比近70%;而在1946年夏季,工学院一份62人的服务志愿调查表中,仅只12人愿往台湾,其中第一志愿者仅4人。[①]

1948年8月16日和9月15日,民国政府资源委员会两次致电浙江大学(资37人字第11613号、第13154号),电知资委员录用分派的浙大毕业生名单。第一次公开取录浙大电讯、机械、土木、化工、应化、病虫等系应届毕业生17名,要求各生9月底前持学校证明文件径往各指派建设单位报到,其中将往台湾造船公司和台湾糖业公司的有机械系任志成、徐振声、裘愉叕、严于准(1926—?,台湾机械和制糖专家),土木系蔡耀宗,应化系王宝荣,病虫害系虞佩珍、赵又新等8人。[②] 第二次,资委会又录用浙大农经系毕业生

[①] 工学院《卅五年度国立浙江大学毕业生服务志愿调查表》,1946年5月,浙江省档案馆藏国立浙江大学档案,档号53-1-0080-102。
[②] 《资源委员会三十七年录选浙江大学毕业生名单》,1947年8月,浙江省档案馆藏国立浙江大学档案,档号53-1-0076-045。

董立（曾任《台糖通讯》主编）前往台糖公司。[①]从资源委员会这两次公开选拔统计看，被录用前往各大建设单位实习的浙大毕业生共有18人，其中赴台9人，占全部录用人员总数的一半。

依现存档案，上述赴台人员名单后来有多次调整。比如赵又新名下即注明"已赴清华大学"，而指派往台船实习的徐振声和往台糖实习的裘愉殷、蔡耀宗、虞佩珍等，或"已另有职业"，或因时局动荡，船期无定，均未能及时前往指定机关报到。为此，9、10月间，竺可桢又多次专函（电）资委会，请以同时参加资委会面谈的毕业生"补其遗缺"。资源委员会遂电准调整，机械系毕业生王福寿被派台湾造船公司，机械系俞佐平、土木系韦惟杭、农艺系郁英彪（1926—1976，曾任台糖总经理）等被派台湾糖业公司。

资源委员会隶属于军事委员会，是民国时期掌控重工业发展与相关工矿企业管理的政府机构。其前身是1932年11月设立的"国防设计委员会"。抗日战争时期及以后，它实际上是国民政府制定工业计划、实行经济建设的最高经济领导部门。浙江大学与资源委员会长期颇多合作。从上述来往文书看，对于资委会分派给浙大毕业生的服务机关和取录配额，浙大自上而下极其重视并尽力维持，故有不断递补之举。

---

① 《资源委员会三十七年录选浙江大学毕业生名单》，1947年9月，浙江省档案馆藏国立浙江大学档案，档号53-1-0076-075。

赴台实习和留任服务。1946年8月9日,台湾行政长官公署农林处向中央大学、中山大学等八所院校发出公函,以台湾光复之后百废待举,农林处尤需农林渔牧等技术人才,邀约国内各大学农学院毕业生赴台实习。浙江大学受邀推荐农艺、农化、园艺、病虫害、农经、农田水利等专业15名毕业生。[①]因"本届毕业生以复员伊始,地址变动甚大,一时难得十五名",1946年9月初,农学院将先期征得的章宏业(农经)、梁鹗(植物病虫害)、唐文淑(园艺)三人推荐至台省农林处;下旬,另有农艺系女生张燕谋"志愿"赴台农林处。据现有资料,唐文淑后来任职于农林处农业推广委员会,梁鹗在丰年社(成立于1951年的台湾一家专业农业书刊出版社)担任《丰年》半月刊主笔,并编著大量与农业有关的"丰年丛书"。

1948年6月,机械系二年级学生萧而亮拟于暑期赴台湾高雄炼油厂实习,为当时出入台湾须身份证明书,浙江大学文书组即郑重其事,由工学院院长王国松、注册科主任赵凤涛、训导长李浩培并校长竺可桢,共同签发了一份证明(证明书235号):

[①] 《台湾行政长官公署农林处公函》,1946年8月,浙江省档案馆藏国立浙江大学档案,档号53-1-0079-018。

国立浙江大学证明书

兹有本大学机械系学生萧而亮,江西萍乡人,年廿二岁,前往台湾左营高雄炼油厂作暑期实习,合予证明,此证。

(相片)

校长 竺可桢[①]

台湾毕竟远隔海峡远离大陆,学校对于赴台学生可谓有求必应。诸生辗转赴台,基本都由学校向台各录用单位或相关部门联络交通和争取车马费,尽可能解决他们的后顾之忧。1946年10月,理学院李洪江、鲍延福二生应校方介绍,将赴台湾气象局报到,校方即以竺校长之名(时竺可桢正在欧美考察),致便函于台湾气象局局长石延溪,请代购船票并期关照;第二年1月,为李、鲍二生报销赴台旅费需校方证明,代校长郑宗海(晓沧,1892—1979)再函请台湾气象局(公函第485号)。李洪江后来任教于中国文化大学应用数学系,鲍延福则任教于台湾省立师范学院。

---

① 《国立浙江大学证明书》,1948年6月,浙江省档案馆藏国立浙江大学档案,档号53-1-0075-053。

二、对台研究与校台合作

（一）浙江大学的台湾研究

浙大史地系素有边疆研究之传统。查1946年7月7日《申报》，有报道称，教育部令七大学设置边疆建设科目，浙江大学拟设台湾建设及东北教育文化建设两项科目。台湾与东北，是久被日本占领的两个区域，收复和建设工作迫在眉睫。浙大之开设台湾、东北边疆科目，与浙大学者对边疆历史和局势的长期关注、研究密切相关，也体现了浙大学术研究之始终关注国家命运，聚焦国家建设。

早在1945年2月，抗日战争尚未结束、台湾仍为日寇所据之时，史地系教授李絜非（1907—1983）专著《台湾》即由商务印书馆在重庆出版，9月又在上海出版。该著以《台湾的地理基础》《台湾的民族和人口》《台湾的风物杂记》《台湾的经济概况》《中国早期经营台湾史略》《台湾的民族精神》《日本帝国主义者统治下之台湾》《收复台湾对于中国的重要性》等八个章节，全面论述了"老沦陷区"台湾的政治、经济、历史、地理及社会现状，尤其强调了台湾丰富的盐、糖、矿业资源对于两岸经济的重要作用。在"最后的胜利即将到来"之前，以诸多事实阐述台湾复归对于中国的重要意义，无疑颇具前瞻性。

1945年暑假，自7月7日起，每周三、六上午9点，浙大各科教授会在遵义何家巷3号教室，作以文艺、时事和科学为主题的暑期演讲，每周两讲。[1]8月29日，以研究远东问题见长的史地系教师王维屏（1906—1989）主讲《台湾问题》。他指出，自甲午战败，《马关条约》签订适五十年。最初十五年，日本政府每年拨一二千万元费用贴补台湾，但嗣后，糖业发展收入为日本财政的重要来源，每年出口4万万日元，出超甚多；年产米1700万日石，半数供日本；年产糖1200万担，占世界糖产十分之一，90%至日本，部分转出口。10月5日，史地系教师毛汉礼（1919—1988）主讲《台湾之农业地理》，谓台湾在郑成功时人口7万，中日战后割台湾与日时人口200万，今则650万人，每年增20万；1900年，年收入仅7500万日元，至1937年已达8.6万万日元；每年输出2万万日元，糖占60%，米占15%，水果与茶占10%，糖之出口80%去日本，10%至中国大陆。

在这两场关于台湾问题的演讲中，可以看出两位学者不约而同地关注到了以糖、米、果、茶为主的农业生产在台湾经济社会发展中的命脉地位。显然，浙大早已从对台湾本土地理、气象和资源的探究中，搭准了日后台湾发展的脉搏。

1946年初，张其昀（1901—1985）在上海与台湾行政长官公署签订台湾史地考察团合作办法，将由浙大派教授五人赴台湾考察地理上之资源，为期一年。据《申报》

---

[1] 参《国立浙江大学校刊》复刊第127期。

报道，考察团拟以李絜非为队长①，成员有卢鋈（温甫，1911—？）、王维屏、赵松乔（1919—1995）、徐规（1920—2010）等，清一色史地系青年才俊。遗憾的是，该团因故未能成行。

（二）利用台岛资源，开拓教学实验

作为一个远离大陆的海岛，台湾岛的物产资源或有别于大陆。为丰富教学实验器具、材料计，浙大农学院、工学院、理学院各学系与台湾保持着经常的互动和联通。

1947年9月，浙大农学院恢复森林系。为丰富林业标本及教学道具，9月8日，农学院即致函台湾林业局（公函953），托在台校友滕琢延就近向台湾林产管理局洽赠林木集材及铁道运搬模型一套，并"向林业试验所索赠过去及现在出版研究报告与腊叶、木材及种子标本等"。9月13日，滕琢延复函其师、森林系教授邵均（维坤，1903—1977），表示为"母校林系断绝十五年，欣又自根株萌芽更生，自当枉尽抚育之能事，以期壮健繁衍，为国家孕育栋梁"，"当极尽驽钝，寸草春晖，以期报效于万一也"。他向邵师说明洽接经过，并告知此项模型"计集材机210公斤、运材火车头及货车60公斤、轨道及木柱30公斤，合重300公斤，可分装三大箱"，附运前，他负责办理各种手续，又为装运及海关免税等事宜，列明需学校准备的向各职能部门出示之

---

① 《史地教授赴台考察》，《申报》1946年1月29日。

各类证明材料。[①] 9月24日，滕再函邵维坤并农学院，称模型三大箱将由台北运基隆再转上海，计费"台币一万元"。[②]

除糖、米、林木等农产品外，以海盐为原料的化工产品也是台岛一大得天独厚的优势。

1948年1月21日，为学校化学系教学实验需用化学药品溴（Bromine），校长竺可桢专门致函台湾碱业公司（公函1129号），请台碱公司拨赠10公斤。一个月后，得台碱公司第三厂拨赠。嗣后两个月，竺校长又数次三番为原料之托运、存管、提取等事宜，多方作函联系，留下了一段清晰的校企合作、陆海合作的历史轨迹。[③]

三、协助"教育部"布局台湾高等教育

（一）接收"台北帝大"，创办台湾大学

1944年秋，决胜日本之势已不可逆转。远在重庆的国民政府成立"台湾调查委员会"，开办"台湾行政干部训练班"，拟订整体接收方案，开始筹划收复台湾。国民政府教育部专

[①] 《滕琢延致农学院邵维坤函》，1947年9月，浙江省档案馆藏国立浙江大学档案，档号53-1-0233-155。
[②] 《滕琢延致农学院邵维坤函》，1947年9月，浙江省档案馆藏国立浙江大学档案，档号53-1-0233-165。
[③] 参竺可桢与台湾碱业第三厂及其驻沪办事处等函，1948年1—4月，浙江省档案馆藏国立浙江大学档案，档号53-1-0234-（092-102）。

门成立了"台湾区教育复员辅导委员会",具体筹划接收"台北帝大"事宜。

主持接收"台北帝大" "台北帝国大学"为日本八所"国立"大学之一,1928年3月正式开办,始设"文政"和"理农"两学部(学院),1936年增设医学部,1942年将理农学部分设为理学部和农学部,1943年设置工学部。至台湾光复时,"台北帝国大学"计有文政、理、工、农、医5个学部,17个学科(系),114个讲座(课程),另有医学专门部和农林专门部两个专科,文、理两个预科,一个热带医学研究所(含3个支所),还有若干研究所室分属各学部,并拥有附属医院、试验农场、实习农场和实验林区等教学辅助设施。据1944年的数据,在校本科学生为394人,专科学生360人,预科生540人,其中日籍学生占80%以上;教职员692人,其中台籍142人,日籍550人,教员中仅杜聪明(1893—1986)一位台籍教授。

曾任浙江大学教授的时中央研究院植物研究所所长罗宗洛(1898—1978)主持了"台北帝国大学"的接收工作。而浙江大学陈建功(1893—1971)、苏步青(1902—2003)和蔡邦华(1902—1983)的参与"台北帝国大学"接收工作,应该是征得了校长竺可桢的同意,并得到校方的允准与支持,他们是代表浙江大学去履行使命。1945年10月11日出版的《国立浙江大学校刊》登载了10月1日从湄潭分部发来的《湄潭通讯》，其中一则消息称："蔡（邦华）院长、陈建功、苏步青三位先生不日将赴台湾辅导教育文化工作，湄部各系纷纷热烈欢送云。"①

然而，这期校刊出刊时，罗宗洛一行已于两天前被匆匆安排随各界接收人员400余人一同出发，10月17日抵台，而远在湄潭浙大分部的陈建功等三人却因交通不便未能同行。他们于10月13日离开遵义，14日抵重庆，16日登上江建轮，经过18天的航行，于11月3日抵达上海，11月19日，陈建功一行和第二批赴台接收人员由上海乘船到达台湾。

11月15日，由罗宗洛、陆志鸿（1897—1973）、马廷英（1899—1979）、杜聪明、林茂生（1887—1947）和台湾行政长官公署官员赵迺传（1889—1958）、范寿康（1896—1983）等七人先期组成的"台北帝国大学"校务维持委员会接管了"台北帝国大学"。陈建功、苏步青和蔡邦华抵台后，即加入校务维持委员会，一起清点、核对人员和校产，对部分教学内容和课程作了调整，并向教育部请款，修缮被战火损坏的校舍及其他教学设施。校务维持委员会还讨论制订了新的招生章程，并于11月28日公布。此举标志着台大在接收后，将改变招生面向，"完全向台湾同胞敞开

---

① 《国立浙江大学校刊》复刊第132期。

大门"[①]。

改制时期台湾大学的基干力量　12月中旬,教育部明令将"台北帝国大学"更名为"国立台湾大学",罗宗洛为代理校长。12月23日,陈建功向罗宗洛提议,应正式聘任教务、总务、训导三长并确定各学院院长名单。经罗宗洛与校务维持委员会诸人商议,并经必要的任职程序,陈建功受聘担任教务长,苏步青受聘担任理学院院长,蔡邦华受聘担任农学院院长。

至1946年初,台湾大学基本改制已大体完成。据苏步青回忆,1946年2月底,他和陈建功、蔡邦华提出回归浙大,随后,"三位教授在3月9日天气晴朗的早晨,登上了螺旋桨飞机,返回上海"[②]。不过事实上,因为与台湾行政长官陈仪(1883—1950)在办学理念和日籍教师弃留等问题上的不同意见,罗宗洛计划一俟接收完毕便回大陆,而新任校长陈大齐(百年,1886—1983)迟迟不愿赴任,教育部长朱家骅(1893—1963)又不允其辞职,命其"继续维持",罗宗洛为此无法脱身。为催促校长到任和解决台大办学经费问题,罗宗洛2月9日只身前往重庆,行前委陈建功代校长职务,暂时主持校务。所以,陈建功应该是在罗宗洛4月9

[①]　范展、王榕英、张黎《浙江大学与抗日战争胜利后台湾大学的接收和建设》,《杭州师范学院学报(社会科学版)》2007年第1期。
[②]　苏步青《登台湾宝岛接管台北大学》,《科学中国人》1999年第3期。

日飞回台湾后，才得以"搭乘此机去沪"。[1]

可以看出，浙江大学教授担当了改制时期台湾大学的基干力量，他们所信奉和执行的"大学之目的在于真理之要求，为人群谋福利……学术无国界，台北大学不可以以台湾之大学自居，局促于小范围之内。台北大学虽以台北得名，然非台湾之大学，乃中国之国立大学，吾人必须努力，使成为世界之大学"的办学主张，奠定了台湾大学赢得学术声誉的基础。

台湾大学校史谈到罗宗洛的贡献时，有这样一段定论："接收'台北帝大'开创台湾大学的首任代理校长，稳定战后混乱的局面，逐步改革校务。对校内强调中国文化价值，重视民族意识恢复；对校外设法抗拒行政长官陈仪插手干涉校务，盼造就追求真理的世界性大学。"

投身台大学科建设 1946年，浙大农学系1943届毕业生金孟武（1918—1975）前往台湾大学任教，负责台湾大学的纤维研究室。1947年起，浙大农经系毕业留校任教的陆年青（1911—？），以台湾土地银行专员身份兼职台湾大学农经系教授。1947年6月至1948年2月间，毕业于浙江高等学堂的许寿裳（1883—1948）担任台大中国文学系系主任。

---

[1] 参范展、王榕英、张黎《浙江大学与抗日战争胜利后台湾大学的接收和建设》，《杭州师范学院学报（社会科学版）》2007年第1期。

1949年，部分浙大师生随国民政府迁入台湾。其中，史地系学者方豪（1910—1980）与陶元珍（1908—1980）进入台湾大学。方豪致力于宋史和中西交通史研究，后来是台湾中国历史学会理事长、中央研究院院士。森林系教授周桢（1898—1982）出任台大森林系教授，1952年后担任农学院院长。

台湾接收时，省政府当局注意到森林资源与林业经营的重要，1949年，森林系仿效德、日等林业先进国家设置实验林，在南投县竹山镇设立演习林场，浙大森林系1930届毕业校友李守藩（1903—2010）为管理处处长，主掌台大试验林业务六年之久。台大林场地理条件优越，拥有热、亚热、温、寒垂直森林带。李守藩接管后，即令各林区清理区内残材倒木，集运标售，以开辟财源，业务步上正轨。

浙大生物系教授王友燮（1911—1968）自美国留学后返回台湾，任职台湾大学生物系教授，及动物研究所教授兼主任。1954年，曾任浙大农学院院长的卢守耕（亦秋，1896—1989）由台湾糖业公司转入台湾大学，在农学院任教19年。同年，1936届农经系的吴恪元（1915—2001）被聘为台大农经系教授。1972年，1932级化工系校友孙云沛（1910—2007）由美返台，协助台湾大学开设农药毒理学课程。

（二）张其昀与台湾高等教育

1949年6月，浙江大学史地系首任系主任张其昀渡海来台，出任中国国民党中央改造委员会秘书长、国民党中央宣传部长，创立中华文化出版事业委员会。1954年6月，出长台北"教育部"，任内（1954—1958）促成多所大学"复校"，核准创设东海大学、高雄医学院等，同时推进台湾一些院校改制，完善中小学基础教育，还设立"国立中央图书馆"、"国立历史博物馆"、"国立教育资料馆"、"国立台湾科学馆"、"国立台湾艺术馆"、献堂馆（林献堂纪念馆）等各类文化机构，对推展美学、科学及社会教育，以及完善台湾教育体系，做出了重大贡献。

改制 为改变日据时期台湾教育体系，培养本土师资和各业专门人才，借大陆赴台学术力量升格台湾专科学校，成为张其昀执长"教育部"以后的一大举措。1946年6月5日，台湾省立师范学院在台北创立，有教育、国文、英语、史地、数学、理化、博物等"创校七学系"，1955年改称为台湾省立师范大学。因台湾省立师范大学是彼时台湾唯一设立史地系的学校，张其昀所率浙江大学史地系迁入台湾的师生中，有不少进入该学院，使其延续了浙大史地系的传统。钱穆（1895—1990）、程光裕（1918—2019）进入历史组，贺忠儒（1922—？）进入地理组，张效乾兼授中国近代史等课程，曾任教浙大史地系的沙学浚（1907—1998）1949年赴台后任史地系系主任。

而日据时期的台南高等学校，台湾光复后改称台湾省立工学院，教师青黄不接，竺可桢亲自推介年轻教师与毕业生前去任教。1956年，在张其昀任内，台南工学院改制为台湾省立成功大学，成为台湾地区最重要的四所研究型大学之一。

复校 就任之初，张其昀向蒋介石陈述教育方面十项基本施政方针，第一项便是在台湾"恢复设置"原在大陆创办的一些有影响的国立大学，以储备人才。

1954年7月，蒋介石指定张其昀为召集人，成立"政治大学复校筹备委员会"，决定先恢复研究部，初期设立行政、公民教育、新闻及国际关系四间研究所。11月，任命曾出任浙江高等学校校长的陈大齐为政治大学代理校长。1954年11月24日，政治大学研究部举办开学典礼。

继政治大学复校成功以后，经台"教育部"提议和支持，清华大学于1955年，交通大学于1958年，亦相继在台湾"复校"。1954年以后，私立东吴大学也奉台"教育部"核准，在台湾逐步"恢复"了大学建制。

创校 1961年8月，卸任"教育部长"职后的张其昀提出了创办"中国文化学院"的设想。他秉持"承东西之道统，集中外之精华"之旨意，以中国文化为根，倡导音乐、美术、戏剧、体育及大众传播等学科，以复兴中国文化的精神，选址阳明山创办中国文化学院。1962年夏季，中华文化研究所率先设立，下设12学门，招考硕士班研究生；次年5月，大学部成立，设15个学系；1967年，设立史学博士班；1980年改称中国文化大学。不少浙大校友在中国文化大学任职，比如哲学系主任谢幼伟（1905—1976）、博士班研究所长钱穆、史学系主任宋晞（1920—2007）等。

四、协助开展各业接收和建设

（一）协助"经济部"接管、创办台湾企业

日据时期，日本在台湾开办企业众多。台湾光复后设定的接管目标是"维持原有生产能力，勿使停顿衰退"，但由于战后物资困难、技术人员缺乏，加之台湾在战争末期遭到轰炸，各企业厂矿破坏严重，接管工作面临一系列挑战。

1945年9月，负责台湾沦陷区接收的"台湾区特派员办公处"成立，下面分设糖业、机电、冶化、轻工、矿业五个组。1946年12月31日，经济部派令（渝人字第20294号）发表台湾区特派员办公处的专门委员及接收委员名单，这份名单中有浙大校友多人，包括曾在浙江大学土木工程系任教的裘燮钧（1891—1976），时任修文河水电工程处主任；曾于1931年任日文兼任讲师的陈绍琳（1900—？），时为电工器材厂主任；曾于1938年赴浙大任教的汤元吉（1904—

1994），时任遵义酒精厂厂长；1926年毕业于浙江公立工业专门学校化学工程科的方以矩（1899—？）等。

而按照行业性质，在台日资工矿企业分由19个接收委员会接收。在这19个接收委员会中，有10个企业部门由资源委员会代表国家接管独办，并重新组成10个股份有限公司，成为资委会在台湾的十大企业单位，接收日据时期台湾规模最大的29家株式会社，资产实值达571,976万元台币。1946年4月，资委会初步决定十大公司的负责人，其中两大企业的总经理为浙大校友：台湾肥料股份有限公司总经理汤元吉、台湾制碱股份有限公司总经理方以矩。

日据时期，日本推行"工业日本，农业台湾"的政策，在台湾推广使用氮、磷、钾等化学肥料，提高了作物产量，但也导致台湾农地对化肥依赖程度过高。当时资委会"台湾工矿事业考察团"曾主张放弃接管，经济部特派接收治化组组长汤元吉力排众议，他认为肥料工业不仅关系到农业，也关系到糖业，而且台湾的肥料、化工设备亦较大陆先进，规模也都超过大陆化工厂。1946年5月1日，台湾肥料有限公司成立，日据时期三家化肥企业所属五家工厂，均置于台肥公司之下。

以盐为原料的制碱工业是化学重工业的基础。方以矩1946年赴台后，以台湾电化业接管委员会主任委员的身份接管台碱企业，担任台湾电化工业股份有限公司（先后易名为"制碱股份有限公司""碱业股份有限公司")总经理,延揽校友四五十人到该公司任职,公司设在高雄,下设三个分厂。1949年方以矩回大陆,浙大化工系黄人杰(1906—1968)继任制碱公司总经理。浙大化工系教授方子勤(1906? —1949)曾任台碱高雄第一厂工程师,后因太平轮失事而不幸罹难。

不少浙大校友参加了台湾糖业、电业等企业的接管和建设工作。台湾糖业按照先"监理"后"接管"原则,成立"台湾糖业监理委员会",早在笕桥农专时期即已担任教席的浙大校友包伯度(1897—1975)与前国立浙江大学工学院机电系主任王济仁(1896—1979)为其主要监理人员,原浙大教授杨守珍(1897—1975)还担任接收后的三崁店糖厂首任厂长,农学院1936届毕业生陈迟(1914—2007,陈布雷之子)曾任台湾糖业试验所种艺系主任,后升糖业试验所副所长。1945年底前,抵台电力接收人员仅23人,台湾区特派办公处紧急从内地请调人员赴台支持,其中就有浙江大学电机系教师裘燮钧(后任台电公司土木处长)、1933届电机系毕业生叶圣铎(1914—1970,后任台湾电力公司副总工程师)和1935届电机系毕业生钮其如(1910—2003,后任台湾电力总公司协理)等。台湾电力公司宣告成立后,多名浙大校友被派遣至台,包括曾任火力发电总工程师的电机系1944届毕业生卢建英(1922—2007,农学院教授卢守耕之子）。

在台浙大校友还集中于高雄炼油厂、台湾纸业公司、民营中国人造纤维公司、台湾铝厂、高雄台湾机械公司、台湾钢厂等大型工矿企业，为台湾建设贡献了浙大人的力量。

（二）协助"交通部"致力台湾交通建设

台湾省行政长官公署在重庆成立时，规划设立交通处，拟下设铁路管理局、公路管理局、邮电管理局、港务局、航务局与交通工程局。但省署接收人员到达台湾后，发现台湾公路管理事业规模太小，因而，当1945年11月1日台湾省交通处正式成立时，台湾省公路及公营汽车事业由铁路管理委员会负责监理与接收。

时台湾铁路管理委员会中有浙大校友三人。1930届浙电机系校友郑兆宾（1906—？）于1945年11月前抵达台湾，任职台湾铁路管理委员会正工程司兼工务处电信号正工程司。郑兆宾毕业后曾在浙江省电讯工程司工作，后任粤汉铁路电务课长。受两岸船舰短缺困扰，其余接收人员12月中旬以后才陆续到达。浙大高工电机1934届校友雷振鹏，与1934届土木系校友葛洛儒（1910—？）或也在此间抵台，分别任专员和副工程司。

浙大校友对台湾公路工程建设贡献颇巨。台湾经济稳定成长，各项基础建设工程陆续展开。东西横贯公路就是其中一项。因为中央山脉的阻隔，台湾东西两个区域经济发展不平衡，西部平原地区经济较发达，而东部则相对落后。开辟东西横贯公路，不仅可以加速东部地区发展，也可以开发利用中央山脉丰富的矿产、林业和旅游资源。1956年，蒋经国主持开辟东西横贯公路。浙江大学1932届土木系校友李春松（1910—1983）担任东西横贯公路梨山工程处处长，负责自东势至大禹岭、大禹岭至雾社暨梨山至环山之新线开辟。同级校友曹凤藻、吴肇基（1911—1992）两人也参与了横贯公路建设，1935届土木系校友邹元辉（1905—1997）曾任中部横贯公路合流工程处副处长。

（三）引导"农复会"推进台湾土地改革

农村复兴联合委员会（简称"农复会"）于1948年10月1日在南京成立，负责筹划并推行战后中国农村复兴。1902年入读浙江高等学堂的浙大校长蒋梦麟（1886—1964）担任农复会首任主任委员并在任十六年。

1949年2月21日，蒋梦麟偕农复会随国民政府迁到台湾。蒋梦麟向时台湾省主席陈诚（1898—1965）提出农复会原则，即提高生产与公平分配并重，同时主张在台湾实施土地改革，使台湾实现粮食自给，进一步以农业培养工业。这一主张获得陈诚的支持。在台湾，农复会首先以服务殷勤取得农民的信任，从而助力推行"三五七"减租政策。其次，协助参与土地改革中许多基础性工作，如编制地籍卡片、调查地籍总归户和完成各项统计工作等，土地改革工作因之得以顺利推展。

与土地改革相配套,蒋梦麟率领农复会进行了多方面的开拓。一是推行节育,限制人口。早在1951年,蒋梦麟即提出节育的主张。1954年,在农复会支持下,台湾成立"中国家庭计划协会",介绍节育优育等。王世杰(1891—1981)称蒋梦麟此举是他生前"所作主要贡献中一件最不平凡的功业"[①]。二是保护森林,合理开发。1951年,农复会协助推行台岛耕地防风林,引进新树种,推行森林资源保护开发和竹木加工技术。三是兴修水利,造福农业。基于"土地改革与水利工作相辅进行,则同时具有精神与物质两重收获"的认识,蒋梦麟和农复会直接投身水利工程建设。1953年,蒋梦麟发起建设石门水库建议,1958年,蒋梦麟继陈诚担任石门水库建设委员会主任委员。在此期间,多位浙大校友也参与了水库建设工作。四是牵手银行,筹措资金。通过扩大农业贷款,支持水利设施建设,协助粮食增产,减轻农民压力。土地银行首任总经理黄通(1900—?)曾任浙大农经系教授。

曾任浙江公立农业专门学校校长的农复会农业组组长钱天鹤(1893—1972),随同赴台后任农复会委员、农业组组长、植物生产组组长。为支持金门、马祖两地农业建设,农复会

---

① 刘春椿《访王世杰谈蒋梦麟》,转引自孙善根《走出象牙塔——蒋梦麟传》第263页,杭州出版社2004年版。

成立"外岛补助计划审议小组",钱天鹤主持其事。

在那个特殊年代的时代大潮裹挟下,国立浙江大学师生远离家乡,奔赴海峡彼岸,成为台岛第一代"陆客"。他们与从全国各地来到这片陌生土地上的同乡、同道一起,以自己的所学所知和实际行动,支持了宝岛建设,也为台湾同胞创造了福祉,同时,他们更是台岛上呼唤、期待两岸和平统一的坚定力量。这一行止,与浙江大学一贯的"求是"精神和领袖人才培养理念并不相悖,与习近平总书记倡导的超越种族、文化、国家与意识形态分歧的"人类命运共同体"理念,也是完全一致的。

(本文与徐立望合作,载《人文》2022年第七卷)

后 记

自打十年前步入边缘，行文码字已在无意中进入了一个自由状态。除相继完成《竺可桢国立浙江大学年谱（1936—1949）》《郁达夫年谱》两种年谱，几年里各种场合、各种机缘的思考和演绎每每随兴成文，并先后得蒙刊布，2018年集成第一部学术随笔《屐痕处处郁达夫》。这年以后，承学界前辈、朋友和各报刊编辑抬爱，又陆续在《文汇学人》《河池日报》《史料与阐释》《新文学评论》《随笔》《人文》和《名作欣赏》等园地发表了一些波澜不惊的小随笔。回头来看，这十几则长短不一的文字竟基本都关乎与浙大远近相关的学人旧事，似颇能呈示此一阶段的个人兴致，而且也算自成一体。于是在朋友玉成下，有了第二次结集的机缘。

其中郁达夫研究占了主线，从篇目来看，几过一半。此一情形与近两年同步开展的《郁达夫年谱》编纂差可相应。感谢《文汇学人》。与编辑李纯一老师素未谋面，却一直受惠于她的慷慨支持，多篇有关郁达夫的随笔都是第一时间见刊，在此深谢。也感谢《史料与阐释》。此刊由复旦陈思和与哈佛王德威两位教授联袂主持，复旦中文系大佬们轮流值编。早年浙大中文系同事段怀清了解到《郁达夫年谱》正在编纂，早早预订了年谱收集过程中可能会有的发现，并专门预设"郁达夫史料"一栏，等待我们编辑成章，多篇郁达夫史料考索即有幸集中刊发于此。感激复旦同仁们不弃。同时，非常感谢陈子善先生和王贺博士向《新文学评论》的郑重推荐，并为补全郁氏两篇"未完稿"背书。感谢宫立先生主动联络《名作欣赏》，让近期最后一篇随感得以现丑。

另一部分随笔得益于延续经年的国立浙江大学校史研究。2018年11月，广西宜州《河池日报》新设了一个"文化河池"专栏，《浙大在宜山》有幸成为开篇之作。总编杨合还容许我私开了一个"浙大在宜山"系列，可惜只完成了竺可桢、马一浮、蒋百里等寥寥几位。文虽谫陋，亦收录于此，聊表感谢，待有机会再与合作。

感谢《人文》主编祝晓风先生，感谢《随笔》主编程士庆先生、责编麦蝉女士，感谢幕后张罗的王挺、师永涛几位朋友，感谢合作作者徐立望、郁峻峰。没有师友们的鼎力襄助，学术生涯于我可能已终结十年。

最后，尤其感谢陈子善老师的郑重题签，这无疑是对后学的鼓励和鞭策，也是拙书的最大光荣。

收录各章文字粗拙，见地浅陋，错漏也在所难免，万望读者诸君荃察。

2022年7月5日